NATALI E SUA VONTADE IDIOTA DE AGRADAR TODO MUNDO

THALITA REBOUÇAS

NATALI E SUA VONTADE IDIOTA DE AGRADAR TODO MUNDO

ROCCO

Copyright © 2022 *by* Thalita Rebouças

Ilustrações de abertura de capítulo: P.H. Carbone

Todos os direitos reservados.
Direitos desta edição negociados pela
Authoria Agência Literária & Studio.

Direitos desta edição reservados à
EDITORA ROCCO LTDA.
Rua Evaristo da Veiga, 65 – 11º andar
Passeio Corporate – Torre 1
20031-040 – Rio de Janeiro – RJ
Tel.: (21) 3525-2000 – Fax: (21) 3525-2001
rocco@rocco.com.br | www.rocco.com.br

Printed in Brazil/Impresso no Brasil

CIP-Brasil. Catalogação na Publicação.
Sindicato Nacional dos Editores de Livros, RJ.

R242n	Rebouças, Thalita, 1974-	
	Natali e sua vontade idiota de agradar todo mundo / Thalita Rebouças. – 1. ed. – Rio de Janeiro : Rocco, 2022.	
	ISBN 978-65-5532-269-9	
	ISBN 978-65-5595-133-2 (e-book)	
	1. Ficção brasileira. I. Título.	
22-78108	CDD: 869.3	CDU: 82-3(81)

Gabriela Faray Ferreira Lopes – Bibliotecária – CRB-7/6643

O texto deste livro obedece às normas do
Acordo Ortográfico da Língua Portuguesa.

Para o Renato, que cuida de muitas Natalis por aí, por ter me ajudado a entender tão bem minha menina. Foi a primeira vez que vivi a experiência de analisar um personagem enquanto ele saía da minha cabeça. E foi muito maravilhoso.

CAPÍTULO 1

Sabe família bagunçada? Não o lado bom da bagunça, se é que você me entende. É aquela bagunça pesada, que dá trabalho de arrumar, que te faz dar um suspiro desanimado quando olha para ela. Renato, o meu terapeuta, prefere que eu use a palavra "desorganizada", acha mais apropriada. Na minha opinião, ele deveria ser santificado, assim como todos os psicólogos especialistas em adolescentes. Ah! Não me venha com ruguinha de confusão entre as sobrancelhas! Somos intensos, prolíficos, impacientes e dramáticos; não deve ser nada fácil cuidar da nossa cabeça.

Voltando à minha dileta família, a verdade, verdade real oficial, é que eu, se estivesse conversando com a Pipa, minha melhor amiga desde sempre, diria que a minha família é uma família cagada. Mesmo. Cagada, definitivamente, é a melhor palavra para definir minha galera. Só que como eu sou uma menina muito bem-educada, uso a palavra *bagunçada* para começar a contar a minha história.

Meu nome é Natali (se diz Natali, como se o i fosse acentuado. Não me chama de Nátali que eu não respondo por mim!, e nem taca um ípsilon no meu nome, porque ípsilon me irrita profundamente!).

Eu tenho esse nome porque nasci no primeiro minuto do dia 25 de... dezembro. Natal. Ou seja, além de bagunçados, os meus progenitores são, como é que eu vou dizer... zero criativos. Nenhuma inspiração.

Por ironia do destino, eu ODEIO essa época do ano. Não só porque em vez de ganhar dois presentes (um natalino, outro pelo meu aniversário) eu ganho só um, mas porque eu não su-por-to rabanada. E parece que é pecado gravíssimo não gostar de rabanada, aquela coisa extremamente doce (eca!), cheia de canela (eca!) e açúcar (eca!). Por que fazem isso com o pobre do pão dormido? Pão é tão gostosinho...

Mas claro que esse não é o único motivo que me faz odiar o Natal. Não bastasse a rabanada e o presente único, não suporto peru nem tender, tampouco cogito comer arroz com passas (desculpe, mas o prato é uma blasfêmia gastronômica sem precedentes, e eu respeito meu estômago, mano).

Some-se a isso a obrigação de presentear, de sorrir, de fazer fotos (eu odeio aparecer em fotos. Minha mãe, sempre tão fofa, diz que eu saio sempre com a mesma cara – de antipática), de decorar árvore (tão desnecessário aquele pinheiro cafona e falso piscando no meio da sala), de comemorar o nascimento de Jesus – um cara que sempre achei maneiro, mas que deve ficar na mó bad com o que andam falando e fazendo em nome Dele –, de parecer feliz ao lado de toda a família como se amássemos igualmente a todos os integrantes, mesmo sem nem tê-los visto direito durante os outros 364 dias do ano... enfim, deu para perceber que Natal não é meu momento, certo?

Talvez por isso, ou talvez por não ter nada a ver com isso (eu sou adolescente e capricorniana com ascendente em Gêmeos, ou seja, muito teimosa e muito inconstante), foi o Natal a data que eu escolhi para contar meu segredo para a minha família. *Já que sempre é caos, que seja caos total,* pensei.

Eu vinha ensaiando contar tudo há alguns Natais. Ninguém sabia o que estava entalado dentro de mim como a farofa seca e sem gosto da minha mãe. Fazia anos que o meu estômago queimava dia após dia só de pensar em falar tudo para eles.

No meu aniversário de 13 anos, quando já tinha certeza do que eu era, achei por bem guardar meu segredo comigo para digeri-lo melhor. Aí pedi aos meus pais pra me botarem na terapia logo que o ano começou, ou seja, depois do Carnaval – o ano só começa depois do Carnaval, pelo menos no Rio.

– Terapia? Você tá com algum problema, meu amor? – mamãe perguntou.

– Não. Só querendo me conhecer melhor mesmo. T-tudo bem?

– T-tudo ótimo. Adorei, filha. Fiz por muitos anos e me ajudou demais. Vou pesquisar uns nomes, talvez o grupo de mães da escola me ajude, vou mandar mensagem lá.

Quando conheci o Renato foi amor à primeira sessão. Eu me senti tão à vontade com ele que logo na primeira vez contei tudo. Desafoguei angústias, desentalei medos e chorei pedindo ajuda. E ele me deixou muito segura quando disse que sim, que claro que ia me ajudar. Com ele, tive mais de um ano para me preparar para contar tudo à minha família no meu aniversário de 13 para 14 anos.

Durante a ceia, enquanto eu ensaiava mentalmente o discurso que havia planejado, meu tio Alberto quase morreu engasgado com um pedaço de peru. Foi um desespero, liga para médico daqui, bate nas costas ali, chama a ambulância acolá. Seria cômico se não fosse trágico.

– Não posso ficar viúva no Natal, por favor, nem pense em morrer, Alberto! – dizia tia Sayonara, nervosa demais, tadinha. – Se você morrer vai acabar com todos os meus Natais até o fim dos meus dias – tentou fazer piada. – Ai, meu Deus, será que você tá com alguma condição gastrointestinal, pneumológica ou neurológica?

– Você não é médica, amor! – disse tio Alberto, com um fiapo de voz, já bem vermelho.

Xi, ofensa grave para a tia Sayô.

– Sou sim! Só não tenho diploma – rebateu com seu bordão.

Já meu avô, corpulento e altivo, conseguiu, com uns apertos bem dados, fazer meu tio cuspir o pedaço do peru inconveniente que quase destruiu o Natal. Após esse quiproquó natalino, não havia clima para nenhuma coisa que tivesse potencial minimamente bombástico. Então, calei a boca.

Depois de meia-noite, ou seja, eu mais velha e já prontíssima para falar tudo com todas as sílabas, pausas e sublinhados preparados no meu discurso, segura e dona de mim e das minhas verdades, tia Bô anunciou, entre uma garfada e outra da ceia, que rodaria o Brasil com um monólogo que ela mesma escreveria e produziria. Quando todas as taças se ergueram para o brinde, ela completou o anúncio, acrescentando um pequeno detalhe: ela ficaria cinquenta minutos pelada no palco.

– Pelada? Pelada por quê? – perguntou minha avó, indignada.

— Porque o texto pede, mamãe – tia Bô explicou.

— Que motivo mais idiota! – brigou meu avô, enfurecido. – Não vai ser você que vai escrever o texto? Então é só escrever de um jeito que ele não "peça" essa pouca vergonha.

— Papai, já fiz de tudo na minha carreira, eu preciso de desafios, não quero que me vejam sempre como *a* gostosa.

— Por que querer mais que isso? – perguntou tia Sayô.

— Porque eu sou muito mais que isso, Sayonara – respondeu tia Bô, irritadíssima. – Eu sou ótima atriz. Preciso mostrar isso para as pessoas. Essa peça é pra ganhar tudo quanto é prêmio. Pena que a cabecinha pequenininha de vocês não entende.

A partir daí, foi tiro, porrada e bomba. Meus avós indignados, tia Sayô e tio Alberto tentando disfarçar sua indignação com o monólogo peladão e todo mundo se metendo na peça da pobre da Bô. Mamãe foi a única que curtiu a ideia de ver minha tia como veio ao mundo no palco.

— Se o texto for bom, ninguém vai nem ligar para o fato de ela estar nua – analisou minha progenitora, sempre lúcida. Talvez a mais lúcida da família.

— Obrigada, Sabrina! – falou tia Bô.

— Como não, amor? Uma mulher pelada é uma mulher pelada. Esteja ela recitando Shakespeare ou a letra de um funk tosco, não fala besteira – disse meu pai, me dando uma vergonhazinha alheia que prefiro nem lembrar com detalhes.

Vovô levantou e começou a andar pela sala, alegando falta de ar. O clima pesou.

— Calma. Pode ser miocárdio, mas pode ser crise de pânico e gases também, papai, respira.

— Você não é médica, Sayonara! — vovô recriminou minha tia. — Fica quietinha, fica — pediu, enquanto abria a camisa puxando o ar para dentro com dificuldade.

Enfim, a noite de Natal acabou num enorme quebra-pau, com direito a minha avó botando um remédio que não sei qual era embaixo da língua do vovô. Ouvi dela muitas vezes aquela noite: "Onde foi que nós erramos? Onde foi que nós erramos?". Preconceituosa, a minha família?! Maginaaaa!

No meu aniversário de 15 anos, então, eu tive a certeza de que estava com a idade perfeita para o desabafo perfeito. No primeiro minuto do dia 25/12 do próximo ano, a família Lobo saberia, enfim, que eu gosto de garotas. Eu estaria cursando o ensino médio agora, amadurecida, analisada, mais serena. Estava confiante de que seria suave, leve.

Só que não aconteceu exatamente como eu imaginava.

CAPÍTULO 2

Por mais analisada e segura que eu estivesse, entrei em pânico quando pensei em contar tudo na nossa ceia bagunçada de sempre (olha a palavra bagunçada aí de novo), com minhas tias Simone, a Bô, de quem falei acima – que é a mais bem-sucedida da família, artista contra tudo e contra todos e "não mãe" feliz, por opção –, e Sayonara, que de tão hipocondríaca criou uma empresa de assessoria de comunicação para médicos, hospitais e laboratórios.

Mamãe, a arquiteta do clã, se chama Sabrina (acredite, meus avós acharam realmente sensacional a ideia de batizar as três filhas com S de saúde. Eu acho patético, nível emoji envergonhado. Mas tudo bem). Na real, na real ela é decoradora, mas se irrita tanto quando eu falo isso que parei de argumentar. Então ela é *arquiteta*, às vezes manda um "designer de interiores", e é isso aí. Além delas, vovô Omar e vovó Hilda, pais das três Ss, os anfitriões.

As três irmãs nunca foram, digamos assim, BFFs, mas desde que me entendo por gente elas se toleram de boa. Implicam uma com a outra, riem, fazem piada sobre suas aparências e roupas, coisa de irmã. Quando eu respirei fundo para dizer que era gay e que eu nunca seria

100% feliz se não dividisse isso com eles, começou uma briga. Que mais tarde batizei de A Grande Briga. Não me pergunte como nem por que começou, só sei que foi feia.

O bate-boca foi tão grande, com tantas queixas, tantos dedos em riste, tantas mágoas reveladas, que eu fiquei zonza. Com Belinha, minha irmã quatro anos mais nova que eu, e meus primos Pablo, que tinha 12, e Enrico, 9, fui de mansinho para o quarto dos nossos avós no intuito de não ouvir os absurdos ditos na mesa de jantar.

Mentira, óbvio. Você não acreditou que a gente não ia ouvir os absurdos, né? Brigas são um clássico natalino, acho que é para isso que o Natal existe, na real, mas a minha família... a minha família capricha nas brigas. Parece teatro, parece até que eles ensaiam.

No quarto, eu e os demais menores de 18 anos logo juntamos nossos ouvidos à porta para prestar atenção em absolutamente cada palavra proferida à mesa, com a ceia, seca e insossa, ainda posta.

Eu queria beber 12 litros d'água para fazer descer a farofa e o desconforto, mas já, já sairíamos dali. As brigas eram frequentes, mas duravam pouco.

– Logo agora que vinha o sorvete de nozes da vovó? A melhor parte! – reclamou Pablo, que se calou assustado depois do "SHHHHH!" coletivo que fizemos para ele.

– Ah, gente, para! Que novidade, nosso Natal tem sempre um espetáculo ou uma briga, vocês ainda não se acostumaram? – debochou Belinha.

Verdade. Mas aquela peleja parecia diferente. Adoro essa palavra, *peleja*. Aprendi lendo Nelson Rodrigues, se não me engano. Acho antiga e elegante. Bom, naquela noite, os ânimos pareciam estranhamente exaltados. Vovô, que nunca foi um avô próximo da gente, ou mesmo das filhas, estava com a língua afiada.

— Não me conformo de você não congelar os óvulos, Simone! – disse ele. – Daqui a pouco não dá mais pra você engravidar! Como é que você tem coragem de não me dar um neto, Bô?

— Pai, antes de responder que o senhor *já tem netos*, quatro, pra ser mais precisa, o senhor não acha um *desaforo* falar uma coisa dessas pra mim, não?

— Não – ele respondeu calmamente.

— Pai, eu não quero ser mãe, nunca quis! Respeita! Não vou ter filho só porque você quer ser avô de novo, que coisa mais egoísta! – estrilou tia Bô (Bô porque quando pequena ela chamava todo mundo de Bô. Mãe, avó, amigos, desconhecidos, porteiros. Então seu apelido virou Bô pra sempre), do alto do seu sapato Dior vermelho (ela sempre foi grifada e elegante). – Você sabe que você vai brincar, fazer bilu-bilu, pegar toda a parte boa da criança, e eu que vou me ferrar criando, educando, pagando escola, natação, futebol, professor particular, indo a reunião de pais, obrigando a estudar, fazendo parte de grupo de mães do WhatsApp...

— Você ia ter uma vida, minha filha. Você... Não sei como você aguenta. É só trabalho, quando não é trabalho é festa, é show, é viagem. – observou vovó.

— Pois é, uma vida horrorosa... – debochou tia Bô.

— Ela é solteira, mãe! Deixa ela! – mamãe partiu em defesa da irmã.

— Mas, olha, Bô, nada impede você de entrar no grupo de mães, tá? Quando quiser me substituir no meu, fica à vontade. É a melhor parte de ter filhos. A *me-lhor*! Você não sabe o que tá perdendo – debochou tia Sayô. – Outro dia o motivo da revolta era servirem couve-flor dois dias seguidos para os alunos. Teve uma que disse que "ela faz bem pro cérebro e tem fibras e tal, mas e quem tiver hipotireoidismo? Minha irmã é nutri e disse que não é bacana a ingestão de couve-flor seguidamente para quem tem problemas de tireoide".

— Nossa – suspirou minha mãe. – É muita falta do que fazer, né?

— Muita! Um bando de crianças morrendo de fome e ela preocupada porque serviram duas vezes couve-flor? Ah, vá! – explodiu tia Sayô.

As três caíram na gargalhada.

Mesmo sem ver suas fisionomias, dava para sentir o desgosto no silêncio que veio a seguir, abafando o momento leve. E então vovó Hilda resolveu se manifestar, nada conveniente.

— Pensa bem, Simone. Tem suas chatices ter filho? Tem, claro. Mas é o maior amor do mundo, tem noção do que é nunca se sentir amada de verdade? Completa, de verdade?

— Mamãe, eu tenho pena da senhora – disse tia Bô. – A senhora não entende que esse discurso é de uma crueldade atroz?

— Desculpa, mas... fico preocupada. Você pode se arrepender depois.

— E você, mamãe? Você nunca se arrependeu de ter tido um bando de filhas? A gente não pode ter filho só porque a sociedade cobra isso da mulher, não! A gente *não precisa ter*! Tudo bem a gente não

NATALI E SUA VONTADE IDIOTA DE AGRADAR TODO MUNDO

querer ter, isso não quer dizer que eu não gosto de criança, ou que eu sou incompleta. Eu só não quero educar, acho difícil pra caramba, não sei se eu saberia dizer não, dar limite, se ficaria bem sem ter mais a minha vida noturna. Pai e mãe são heróis! Eu não sei se tenho vocação pra heroína. Na dúvida e falta de vontade, pra que botar mais uma criança no mundo? Minha vida tá tão boa assim...

— A mulher não nasce com útero à toa, Simone!

"Ui", eu fiz do quarto da vovó. Péssimo, vó. Muito péssimo.

— O útero é da gente e a gente faz com ele o que quiser, mãe!

— Olha o jeito de falar com sua mãe, Simone — brigou meu avô.

Tia Bô nem escutou. Conheço a peça. Ela estava mastigando as palavras que vomitaria a seguir.

— Se lá na frente eu me arrepender, gente, eu adoto! Tanta criança no mundo precisando de uma casa, pra que congelar óvulos, meu Deus? Além de caro é um processo doloroso! Parem de falar isso, de cobrar isso! De mim ou de qualquer mulher! Já é tão difícil ser mulher, vamos ajudar as gerações que estão vindo aí a serem mais leves, por favor?

Ouvindo tudo do quarto, eu morri de orgulho dela. Lembro de ter sorrido com toda a minha cara. Eu morria de orgulho da tia Bô desde que eu era pequena. Resolveu ser atriz sem nenhum artista na família, ralou, bateu em várias portas, ouviu incontáveis nãos e acabou escrevendo um monólogo quando cansou de esperar convite para trabalhar.

Fez um sucesso retumbante de público e crítica, cresceu e apareceu, ficou famosona e hoje é disputada por todas as emissoras e plataformas de streaming. Aquela ali nasceu para brilhar, eu sempre soube.

Hoje é rica, rica, rica, e, por mais que meus avós torçam o nariz para o fato de ter uma artista na família – achando que arte não é um trabalho sério ou estável –, eles engolem o sucesso e a garra dela para alcançá-lo, mesmo contra a vontade deles. Aposto que os dois sonhavam com um trabalho bem burocrático para a caçula deles.

Eu também nunca tive vontade de ser mãe. Acho uma crueldade essa cobrança em cima das mulheres. Bonecas sempre me assustaram, aqueles olhos esquisitos. Gostava mesmo é de esportes com bola, e meu negócio mesmo é jogar vôlei, sempre fui alta e boa de cortada. Na praia, então, não tinha para ninguém. Quem jogasse comigo, em dupla ou em time, ganhava de lavada. E eu também levo jeito pra música. Aprendi a tocar ukulele e, embora não pratique tanto quanto no começo, de vez em quando me meto a compor uns troços com ele. E gosto do resultado.

– Por isso que não arruma marido. Ninguém quer ficar com você! – julgou meu avô.

Baixei a cabeça, envergonhada.

– Pai! Meu Deus! Se o senhor fala isso na internet é cancelado na hora, sabia?! Que absurdo! – disse minha mãe.

Ai, fiquei tão feliz com a fala dela... Quentinho bom no peito.

– Não precisa me defender não, Sabrina!

Xi... Tia Bô estava bem brava.

– Pai, homem pra ficar comigo tem que me querer do jeito que eu sou! Não vou mudar pra agradar ninguém. Olha a Sayonara, que é casada mas é infeliz.

Pablo tapou os ouvidos de Enrico. Num reflexo, Belinha fez o mesmo com os de Pablo.

– Quê? – reagiu tia Sayô, indignada.

– Tá na sua cara que teu casamento tá falido há anos. Não tem coragem de se separar, morre de medo de ficar sozinha.

– Eu tenho uma família, Simone! Não é tã...

– Falem baixo! As crianças... – pediu minha avó.

– Você vive reclamando do Alberto, Sayonara, deixa de ser cínica! E ainda sustenta o folgado.

– Ele tá desempregado!

– Desde que você tá com ele, né? Há 23 anos! Aliás, não me conformo de você não ter ficado com ninguém além dele na vida. Isso devia ser proibido!

Ah, sim. Tia Sayô e tio Alberto eram namorados desde os 18 anos.

– Eu sou romântica! Adoro ser casada com meu namorado de juventude. Não é todo mundo que é "solta" que nem você!

– Solta? Como solta? Desenvolve! – peitou tia Bô. – Não importa, ele é um encostado, você sabe, e vocês não transam há anos!

Foi a minha vez de tapar os ouvidos. E fechei os olhos junto, bem forte, torcendo para aquilo acabar logo. Estava ficando tenso demais. Quer coisa mais esquisita do que imaginar seus pais ou seus familiares fazendo sexo?

– Simone! – reclamou Sayô.

Ainda bem que o tio Alberto tinha ido dar um beijo nos pais, que moravam no mesmo condomínio dos meus avós, em São Conrado. Ele não ia gostar nadinha de ouvir aquilo tudo.

Tadinho, ele sempre foi calado e distante, sempre com o olhar triste e as mãos apoiadas na barriga a cada ano mais protuberante. Engenheiro de formação, ele era músico de berço, mas era ruim, segundo a tia Bô, e, bem, essa era a mesma opinião do restante da família. Nem em barzinho desaplaudido ele conseguia uma brecha para se apresentar. Triste. Aí vivia se lamentando, sempre com olheiras que iam até o meio da perna.

— Eu transo sim! — gritou tia Sayô, me obrigando a apertar mais ainda olhos e orelhas.

— Não transa! — reagiu tia Bô, com uma entonação que a fazia soar mais nova que a Belinha.

Afundei a cara nas mãos, roxa de vergonha de tudo.

— O que é transar? — sussurrou Enrico, filho da tia Sayô, ainda com as mãozinhas "tapando" a audição, o iludido.

— É quando um casal faz sexo, dã! — respondeu Belinha, do alto dos seus 10 anos, para meu choque total. Arregalei os olhos.

— O que é sexo? — insistiu ele.

— Eu quero sair daquiiiiii! — sussurrei, tentando tirar aquele assunto do foco. Belinha era uma criança, gente!

— Longa história, depois te conto — cortou minha irmã, surpreendendo-me mais uma vez.

Ela queria ouvir o restante do barraco.

— Não importa se a Sayonara tem ou não relação sexual com o marido, meninas, que baixaria, como é que isso veio à tona? Vamos ter elegância, por favor — pediu minha avó.

— Como você é cafona, mãe — falou tia Bô.

— Ela pode não ser feliz, mas pelo menos tem marido!!! – berrou meu avô, perdendo uma enorme, imensa chance de ficar calado. A elegância ele já tinha perdido há muito tempo, em outra vida, quem sabe.

— Pai, para com isso! Você e a mamãe, vocês... vocês são dois preconceituosos! Machistas! Tá puxado conversar com vocês, viu? – disse minha mãe, me enchendo de orgulho. – Por que vocês acham que têm o direito de se meter na vida da gente desse jeito? Só porque são nossos pais?

— Exatamente! – vovô e vovó disseram em coro.

— Nós somos adultas, não pedimos para nascer, não acho justo ficar cobrando isso da Bô, não mesmo – disse minha mãe.

Pior que é. Era muito louco já entender, aos 15 anos de idade, que certas coisas não iam mudar nunca. Sua família, não importa quantos anos você tem, vai sempre, sempre te tratar como criança.

Enquanto isso, a porradaria verbal seguia quente lá na sala.

— O que não é justo, Sabrina, é você ter largado a faculdade de arquitetura no meio, depois que passou em último lugar, na repescagem, pra virar decoradora de casa de família de classe média! Média pra baixa! O Artur não vai segurar sua onda pra sempre, não. – Vociferou vovô. – Né, Artur?

Antes que meu pai conseguisse responder, vovó interveio:

— E você anda se vestindo de um jeito tão esquisito... Não tô entendendo essas camisetas com palavras de ordem, parece uma esquerdista xiita.

— Eu sou de esquerda, mãe.

— Mas precisa berrar que é? Pra todo mundo ouvir? Nem seus clientes devem gostar de te ver assim, com uma camiseta onde se lê Saravá. Desde quando você é macumbeira?

— Oi? – fez minha mãe, indignada.

— É isso mesmo. Isso lá é roupa para vir ao Natal na casa dos seus pais? Todo mundo aqui é católico – vovô partiu em defesa da vovó.

— E olha só, Sabrina, o tempo não volta atrás, não, viu? Tá cheio de novinha aí se passando por feminista que não precisa de homem louca pra casar. E o Artur tá cada dia mais bonito. Grisalho faz sucesso, né, Artur? – soltou minha avó.

— Homem grisalho faz sucesso, mulher grisalha é achincalhada na rua. Olha, o mundo tá um lugar muito difícil pra viver, sabe? – desabafou tia Bô.

— Eu tô me sentindo no século passado, sério! – disse mamãe. – Essa conversa não pode estar acontecendo.

— Eu... – tentou meu pai.

— Pelo que eu tô entendendo, nenhuma de nós três presta pra ser filha de vocês, então. Somos incompetentes, incapazes, infelizes... – prosseguiu mamãe.

— É, dá licença, não sou da família, mas não tá bom o rumo dessa conversa não, seu Omar! – Meu pai se manifestou. – Eu amo a sua filha. A Sabrina se sustenta direitinho com os projetos de decoração dela...

— Arquitetura – corrigiu rapidamente minha mãe.

— Isso, desculpa, amor. Ela me mata de orgulho. É muito talentosa e bem paga, fique o senhor sabendo. E tem estilo, tem bossa no vestir. Não é bacana o senhor falar assim del...

NATALI E SUA VONTADE IDIOTA DE AGRADAR TODO MUNDO

– Artur, pode ficar quietinho, meu querido, a gente sabe que você ama a Sassá, mas o assunto aqui é outro – cortou minha avó.

– O assunto aqui, Artur, é criticar a gente – explicou tia Sayô.

– É. É estragar a noite de Natal, como se já não fosse uma bosta todo ano – Bô se enfezou.

E foi daí para pior, com acusações mais ferinas a cada minuto, as irmãs S despejando desabafos nos pais, depois xingando umas às outras, depois o alvo sendo meus avós. Como disse minha mãe, estava *puxado*. Mágoas mortas foram ressuscitadas, ofensas, aguçadas, e a quantidade de decibéis cada vez maior. E tudo o que a gente queria era tomar o sorvete de nozes da vovó. Perdemos o interesse na discussão e fomos jogar Stop para passar o tempo.

Enquanto catava papel e caneta no quarto, eu pensava "Ainda bem que a Pipa não veio". Ela também odiava o Natal, e no ano anterior a esse a gente se divertiu na noite do dia 24, olhando os apartamentos vizinhos pelos binóculos do meu avô, imaginando as histórias de cada família espionada.

A Pipa e eu éramos amigas desde as barrigas das nossas mães. Tia Bô que apresentou as duas, minha mãe e Naná. Tia Naná é muito maravilhosa, loira, charmosa, estilosa, alto-astral demais, superdiretora de cinema, amiga da tia Bô dos cursos de teatro da vida. Mora no mesmo condomínio que eu, na Barra.

A Pipa é aquela que se ama e ama suas curvas. Nunca sofreu com a ditadura da magreza e do corpo "perfeito". "Corpo perfeito é o meu", ela costuma dizer, dentro e fora das redes sociais.

Maria Cristina (esse é o nome da Pipa) é leve e divertida e seu apelido vem de "pipa avoada", como sua mãe a chamava quando ela era pequena. Minha melhor amiga é aquela pessoa totalmente sem controle, que deixa cair tudo, que vive esbarrando em móveis e quinas, leva tombos homéricos com frequência, só não esquece a cabeça porque está grudada no pescoço. Ela é, sem dúvida nenhuma, a pessoa mais distraída e desastrada que eu conheço. Mas dança como ninguém. Me convenceu a fazer aula de *street dance* com ela e é uma exímia *tap dancer*. Flutua sapateando, é lindo de ver. Eu durmo direto na casa dela quando meus pais brigam. E eles não brigam pouco.

Estava pensando na Pipa quando chegou uma mensagem.

PIPA
Um tédio por aqui. E aí?

NATALI
Uma 💩

PIPA
😂

NATALI
Tá no seu pai ou na sua mãe?

PIPA
Na minha mãe. Mas meu pai tá aqui.

NATALI E SUA VONTADE IDIOTA DE AGRADAR TODO MUNDO

Os pais separados da Pipa se davam muito melhor do que os meus, casados há 18 anos, jamais se deram.

PIPA
Chamei a Mel pra vir pra cá amanhã à tarde, comer o resto da ceia e ver série. Anima?

Me deu um frio na espinha. O pau comendo solto lá na sala, e meu coração acelerando só porque eu tinha *lido* o nome da Mel. Ela entrou na escola quando a gente tinha 11 anos. Lembro de amar sua chegada. Minha escola não tinha muita diversidade, olha que patético, e era simplesmente maravilhoso estar no mesmo ambiente que aquela Iza disfarçada de pré-adolescente carioca.

Assim que eu a vi entrar na sala de aula, com o olhar envergonhado e perdido, total de zero defeitos, senti um treco inédito. Uma espécie de transe. Comecei a suar – do nada – nas mãos, no sovaco, no buço (eu transpiro no bigode, uma bosta), queria falar com ela, mas não queria, queria chamá-la para sentar perto de mim, mas não chamei. A única coisa que consegui fazer foi não parar de olhar para ela. Fiquei até com medo de parecer uma psicopata.

Num determinado momento, nossos olhares se cruzaram e eu senti minha pupila derreter. Aquela era simplesmente a garota mais linda que eu já tinha visto, e se eu tinha algum resquício de dúvida sobre mim até então, a partir do dia em que a Mel entrou na sala de aula, tão linda e iluminada, no sexto ano e na minha vida, eu não tive mais. Eu tinha 11 anos quando tive certeza de que eu era gay.

Nunca falei nada para a Pipa. Nada de nada. Nem sobre a Mel nem sobre eu gostar de garotas. Me falta coragem, não me pergunte o porquê. Já pensei em várias teorias.

> 1 – *Não quero que ela ache que por gostar de garotas eu posso me apaixonar por ela e isso faça com que ela se afaste de mim;*
> 2 – *Não quero que ela passe a me tratar de forma diferente;*
> 3 – *Não suporto a ideia de imaginá-la com vergonha de ir ao banheiro comigo, ou de se trocar no mesmo ambiente que eu, coisas que sempre fizemos juntas;*
> 4 – *No fundo, **eu** tenho vergonha de gostar de garotas, por mais que se fale sobre tudo tão abertamente hoje em dia.*

É muito triste viver num momento em que se discute tanto sobre feminismo, machismo, homofobia, gênero, sexualidade, LGBTQIAP+ e tals e eu, uma garota sensata, inteligente, culta, informada e sensível (sim, modéstia à parte, eu sou tudo isso), ter tantas paranoias e preconceitos (sim, preconceitos) dentro de mim.

Na escola, não demorou para Mel juntar-se a mim e à Pipa e virarmos um trio inseparável. Daqueles que fazem inveja às garotas que não sabem o que é uma amizade verdadeira, o que é a tal da sororidade. Nós não nos desgrudávamos: estudávamos para provas, éramos da mesma turma de *street dance*, trocávamos livros (elas sempre amaram ler)... Éramos confidentes. Tá, elas confidenciavam mais do que eu. Contavam todos os seus segredos para mim, mas nenhuma das duas suspeitava do meu.

NATALI E SUA VONTADE IDIOTA DE AGRADAR TODO MUNDO

Às vezes eu ficava com medo de a Mel perceber que eu mudava quando ela chegava perto. Desde o começo ela não foi só uma amiga, como a Pipa. Eu esquentava quando batia os olhos nela, suava um suor quente e gelado ao mesmo tempo, ficava nervosa de um jeito bom. Aquela garota me fazia sentir de um jeito que eu nunca tinha me sentido, e eu adorava cada segundo daquela novidade. Mesmo sendo impossível. *Ela vai ser meu amor secreto até eu sair do armário*, prometi a mim mesma.

Meu flashback sentimental sobre a minha história com a Mel e minha paixão secretíssima por ela foi interrompido quando a porta do quarto da vovó se abriu bruscamente. Era minha mãe, bufando, se sacudindo toda, como fazia sempre que estava irritada, com um *tupperware* na mão.

– Belinha e Natali, digam tchau pros seus primos e vamos. Infelizmente esse é o último Natal que passamos juntos!

– Como assim? – questionou Belinha.

– Seu avô não dá! Não dá!

– Não dá o quê? – perguntou Belinha, indignada. – Não vamos tomar sorvete?

– Belinha, que pergunta inadequada – recriminei.

Já eu, do alto do meu egoísmo adolescente, tinha apenas um questionamento a fazer, nada inadequado na minha opinião:

– Agora a gente vai poder fazer o que quiser no Natal, tipo chamar a Mel e a Pipa pra passar com a gente, ou pra ir lá pra casa depois da ceia pra ver filme, série... No meu aniversário?

O Natal finalmente poderia se tornar uma data legal pra mim. Com a Mel por perto, tudo ficava tão bom...

– Vai, Nat! Quer dizer, não vai não! Não sei! Não faz pergunta difícil que eu tô irritada e eu fico burra quando tô irritada! – gritou mamãe. – Anda, vamos. Vão se despedir das pessoas. Tchau, meninos. Tia Sassá ama vocês. – Ela se despediu deles com um beijo bem apertado e partimos.

No carro, a caminho de casa, mamãe e papai não pararam de falar um segundo, esculachando meus avós, minhas tias, só as crianças escaparam. Menos Pablo, acusado de mal-educado por comer de boca aberta, ser respondão e ainda um "mimado intolerante à frustração". É engraçado como todo mundo em um determinado momento da vida se acha psicólogo.

– Olha, vocês não estão ouvindo nada que eu e seu pai estamos falando, hein? Entenderam? – disse mamãe, num tom bem alto, ainda incorporando o Diabo da Tasmânia.

Assustadas, eu e Belinha apenas balançamos a cabeça, concordando.

E assim, após uma movimentadíssima véspera de Natal, fomos para casa tomar o sorvete de nozes da vovó (mamãe não é boba, não! Briga, quebra o pau, mas leva potinho de sorvete pra casa! Meu orgulho!).

À meia-noite e um minuto, hora em que vim ao mundo, meus pais e Belinha me deram o beijo esmagado de meia-noite que sempre me davam, um ritual de anos, e foram dormir.

Agora com 15 anos recém-completados (não quis festa – acho uó festas de 15 anos –, não comemoro aniversário por causa das férias, ninguém nunca está no Rio nessa época do ano), peguei meu *Alice no País das Maravilhas*, liguei o abajur e esperei o sono chegar.

NATALI E SUA VONTADE IDIOTA DE AGRADAR TODO MUNDO

A genialidade de Lewis Carroll me fez passar a noite quase toda em claro. Nem me lembrava da briga e tive a certeza, antes de pegar no sono, de que era só mais uma briga familiar. Porque eu sei, eu sei que não é só a minha família que ignora solenemente o tal do espírito natalino e toda a paz que ele emana. No dia seguinte tudo estaria na mais perfeita ordem, é assim que funciona.

CAPÍTULO 3

Eu estava completamente enganada. No dia seguinte a coisa piorou. Não sei se era por causa do Mercúrio retrógrado ou inferno astral, só sei que o bichinho do confronto mordeu geral naquela família. As irmãs S, que começaram a discussão da noite anterior superunidas, agora ligavam uma para a outra para "botar pingos nos is", como se tivesse sido pouco o tempo que ficaram se ofendendo na noite anterior.

Família é um troço muito louco. Dei graças a Deus que eu ia para a casa da Pipa no dia 25. Lá, eu, ela e Mel — minha doce Mel — maratonamos *Friends*, falamos de livros, jogamos buraco e acabei dormindo lá. Mel estava começando a ler *Harry Potter*, e eu estava amando o interesse dela pela história.

– Li todos por causa do meu pai, que é viciadão na série – contei a ela quando lhe dei de presente o primeiro volume. – Você gosta tanto dos filmes, por que não lê os livros?

Ela amou minha sugestão e começou a ler. A devorar. E todo dia isso era um assunto nosso, o Harry Potter. Ouvi-la narrando os capítulos e pedindo minha opinião era a coisa mais mágica de se viver. Ela falava com tanto entusiasmo, me agradecia pela insistência para que ela lesse os livros, e eu só queria dizer a ela o quanto eu gostava daquilo. Não só do Harry Potter, e dela gostar da série, mas *dela*.

No quarto escuro, eu só pensava no dia em que eu poderia dormir de conchinha com ela. Queria tanto isso que poderia ser só por uma noite. Eu só queria *conchear* com ela por uma vez apenas para sentir o cheiro daquela nuca bonita.

Eu amava o Nescau da tia Naná. Era cremoso, doce na medida certa, praticamente um primo pouco abastado do milk-shake. E ela acordava a gente assim. Com leite e chocolate e Melim de trilha sonora.

Na base da alegria e do acolhimento, as três seguraram muito a minha barra quando o bicho pegou na minha família.

Agora, era o primeiro ano do ensino médio, o ano letivo estava chegando ao fim e mais um aniversário se aproximava — de Jesus, meu... Pipa e Mel tentavam, mais uma vez, me convencer a dançar na apresentação de fim de ano do curso de *street dance*.

— Você é a que dança melhor!– disse Mel, me matando de amor.

Meu Deus, eu sou a garota mais apaixonada do mundo, constatei assim que ela terminou de dizer essa frase simplesmente mentirosa-porém-fofíssima. Meu Deus! Eu virei a chata apaixonada que sempre amei criticar!

— Eu sei, justamente por isso que eu não danço – voltei ao foco. – Pra não apagar vocês e o resto da turma.

E ela riu. Eu amava quando ela ria das bobagens que eu falava. Quando ela me elogiava, então... eu ganhava meu dia, meu mês, meu ano. Mas ela era uma mentirosa, eu sempre dancei mal, fazia mais para estar com elas do que qualquer coisa. No ano seguinte, eu ia voltar pro ukulele, estava decidido. Aprendi a tocar na internet, mas cheguei a fazer aula presencial com um professor e achei a minha cara.

— Dançar ia fazer você esquecer da chatice do Natal.

— Ah, Pipa, esse ano não tem mais meus avós pra pesar, eles provavelmente vão te ligar por vídeo pra dar boa-noite e tchau. E os meus avós paternos estão viajando, então vai ser só eu, meus pais e Belinha mesmo. Tá de boaça.

— Mas você acha que na noite de Natal seus pais não vão te encher o saco perguntando de "namoradinho"? – disse Pipa.

Todas rimos.

— Claro que vão. Falam isso o ano todo, por que não vão falar no Natal? – admiti.

Mamãe reclamava dos meus avós mas fazia igualzinho a eles. Com menos insistência, mas fazia. Sem perceber. A cada ano eu me sentia uma farsa nos Natais, dizendo a todos, nesse momento de luz e esperança, que eu ainda não tinha conhecido nenhum menino que me atraísse.

Um lado meu adoraria contar tudo logo para a Pipa, como foi o processo de autoconhecimento na terapia, meus medos, minhas angústias, falar da Mel, pedir conselhos. Minha mãe sempre foi tão legal e moderna e madura, eu tinha quase 100% de certeza de que ela me acolheria. Meu pai já não sei. Belinha... Belinha seria a primeira a me dar força.

NATALI E SUA VONTADE IDIOTA DE AGRADAR TODO MUNDO

Quanto mais o tempo passava, mais aquilo me sufocava. Eu precisava falar, mas não tinha ninguém com quem pudesse me abrir. Até tinha uma menina que andava me mandando umas DMs cheias de intenções no Instagram, mas eu não conseguia desenvolver uma conversa, morria de vergonha. Além do mais, eu queria olho no olho com os meus da vida toda, não com uma pessoa nova que tinha acabado de chegar. E desde que eu me entendi lésbica, eu decidi que quando contasse seria no meu aniversário. Por quê? Porque... ah... pode dizer que eu não valho nada, mas pensa comigo: se alguém fosse contra não ia brigar comigo. Ninguém briga com um aniversariante, briga? Ainda mais no Natal.

Sim, eu sou uma gênia.

Mel, a menina mais linda do mundo, cortou meus devaneios.

– Dança, vai!

E ela disse isso com a carinha mais apaixonante que você poderia imaginar.

– Vou pensar – cortei o assunto.

Claro que não me apresentei, acho ridículas apresentações de fim de ano de qualquer tipo de dança.

Minha relação com meus tios não mudou muito depois do Natal da Grande Briga, muito menos com meus primos. Porém ficou mais distante. Passei a vê-los menos, a falar menos. Minhas tias só se falam em datas especiais e aniversários. Sinto que a rusga maior é entre a tia Sayô e a Bô.

Minha mãe, a "macumbeira esquerdista" (socorro!, a minha avó era muito equivocada nas discussões), é a que mais fala com as duas.

Ela e meu pai não andam brigando tanto. Se brigam, é baixinho ou longe da gente – pelo menos aprenderam isso. As pessoas podem, sim, evoluir – mas sigo achando que eles não se amam. Pelo menos não aquele amor de filme, não o amor que... que eu sinto pela Mel. Que arrepia cada pelinho do corpo e faz com que o coração bata tanto e com tanta intensidade que a gente fica com medo que alguém além da gente escute.

E na noite em que eu chegava aos meus 16 anos, era a hora de contar para meu pequeno núcleo familiar o segredo que eu guardava havia anos.

Mas minha mãe e meu pai começaram a implicar um com o outro de um jeito muito estranho, ferino, agressivo mesmo. E, para não quebrar o fluxo nada *good vibes* natalino, brigaram com vontade, sem se importar com os meus pedidos e os da Belinha para que parassem. Eles não batiam boca daquele jeito fazia uns bons meses. Foi horrível. Por um momento pensei em acabar com a briga gritando "EU SOU GAY!", mas achei que poderia piorar ainda mais a situação.

Parecia que o universo queria me dizer "não fala nada, não é pra falar nada!". Mas eu insistia em querer ser eu para os meus. Mas, mais uma vez, ficou para o Natal seguinte. O Natal em que eu completaria 17 anos. E daquele Natal não passaria, não mesmo. Eu não podia fazer 18 sem que minha família soubesse quem eu realmente era. E que fosse eu a contar.

Passei meu aniversário solitária no quarto, só eu e Belinha. Mamãe foi chorar no quarto dela, meu pai saiu batendo a porta. Foi feia a coisa.

CAPÍTULO 4

E justo quando eu tinha tomado a decisão mais importante da minha vida, de que meu segredo não passaria daquele Natal, o que eu completaria 17 primaveras, fui surpreendida com uma mensagem, no dia 19 de dezembro, do vovô Omar, que havia criado no WhatsApp o grupo "Jingle Bells Lobo".

VOVÔ LOBO
Acabou a palhaçada. Este ano o Natal volta a ser lá em casa. Estou ficando velho, e admito que sou antiquado, burro e machista. Vamos quebrar esse gelo. Amo vocês e dia 24 é todo mundo junto. Não digam não a este bom velhinho, hou hou hou.

Levei o assunto para a terapia, óbvio.
– Pô, Renato, logo agora eles resolvem juntar todo mundo? Já não ia ser fácil só eu, a Belinha e os meus pais. Agora com a família toda... poxa... sempre acontece alguma coisa e eu acabo não falando.
– Mas não aconteceu também no Natal passado, quando estavam só seus pais e sua irmã?

– Sim, e eles tiveram uma briga horrível, lembra? – respondi, de cabeça baixa.

Ele fez uma pausa longa antes de perguntar:

– Você sempre me disse que preferia deixar todo mundo a par logo, ao mesmo tempo. O que mudou?

– Não sei... Só achei que ia ser mais fácil com menos gente...

– Não foi.

– Verdade... – foi tudo o que consegui dizer.

– Mas já falamos sobre isso, Natali, você não precisa contar no Natal.

– Preciso sim! – reagi sem pensar.

– Você já pensou por que quer tanto se assumir gay para sua família no Natal? E não tô falando de ser seu aniversário e ninguém brigar com aniversariante, não.

Renato sempre foi bom com as palavras. Mas eu também sou.

– Já – respondi, cheia de mim. – Eu quero transparência, Renato, cansei de fingir. E que culpa eu tenho se a véspera do Natal e o meu aniversário caem no mesmo dia?

Ele riu. E eu prossegui, mais leve ao me ouvir falar.

– Eu preciso me sentir em paz comigo mesma, não quero mais me sentir uma farsa, uma enganadora de pais, avós, irmã, primos, tios. E Natal não é pra isso? Pra se sentir bem com os outros e com a gente?

– É?

Depois disso, ele se fechou num silêncio. Odeio silêncio de terapeuta. Mas entendi que ele queria me dar força. E por um momento, eu me enchi mesmo de autoconfiança. Era chegada a hora, e eu era totalmente capaz de viver o que eu ensaiava naquele consultório havia anos. Eu estava pronta.

Respirei fundo, agradeci a sessão e saí do consultório de peito estufado, pronta para tomar as rédeas da minha vida e viver com as cortinas abertas, escancaradas, sem esconder nada de ninguém.

Ao pisar na calçada, porém, um frio amedrontador percorreu minha espinha. Fato inegável: eu estava morrendo, morrendo de medo de contar tudo e estragar o Natal da minha família. Mais uma vez o pânico tomou conta de mim. Saco. Liguei para o Renato e pedi outra sessão na quarta, antevéspera do dia 24. E cheguei logo afrontando:

— Não dormi pensando no quanto você *não* me ajudou na última sessão, sabia? Tem noção de que você não disse absolutamente nada do que eu queria ouvir?

Ele riu. Ele ria tanto comigo que acho que ele é quem devia me pagar pelas sessões. Eu era praticamente uma humorista de *stand-up* para o meu terapeuta. Quando ele ria, seus olhos ficavam pequenininhos, e eu amo gente que apequena os olhos quando ri.

— O que você queria que eu dissesse, Natali?

— Que me perguntasse se eu não tenho medo de acabar com o Natal da minha família pra sempre, se não tenho medo de sofrer com acusações, se...

— Hm. Você quer que eu te instigue, é isso.

— Iiiisso! — falei aliviada.

— Vamos lá. Por que contar de uma vez só para todo mundo?

— Pra arrancar logo o band-aid, aprendi isso em *Friends*.

— Entendi. E o que você acha que pode acontecer de pior na noite de sexta?

— Ih... Todo mundo ficar mudo?

— Isso é o pior??? — indagou, cabreiro.

— Não sei! Ah, sei lá! — reagi, cheia de argumentos, só que não. Pensei mais um pouco e joguei mais palavras ao vento — Todo mundo pode me olhar feio e depois começar a falar coisas desconexas e preconceituosas ao mesmo tempo.

— E você vai saber lidar com isso?

— Suave — respondi, sem muita certeza.

— Quais são seus pontos fracos diante desse desabafo catártico então?

Depois de alguns instantes sem dizer nada...

— Acho que o julgamento deles — confessei, não para ele. Para mim mesma.

— Você tem medo do julgamento deles?

Terapeuta faz isso, repete o que a gente fala. Espertinhos.

— Não. Na verdade, medo não é a palavra. Até porque já entendi que todo mundo julga o tempo todo, apesar de mentir e dizer que não julga. Não dá pra se preocupar com isso. Não dá pra tomar ou deixar de tomar uma atitude por causa disso.

Ele fez que sim com a cabeça, com um sorriso de canto de boca, e continuou:

— Acha que pode se sentir rejeitada pela sua mãe?

— Difícil. Eu diria que é quase impossível.

— Seu pai?

– Rejeitada é uma palavra forte. Sei que a gente acha que conhece as pessoas e muitas vezes se surpreende para pior com elas, mas meu pai é tão de boa. Acho difícil ele criar caso.

– Como você se sentiria se um deles fosse supercontra? Se se exacerbasse nos argumentos e nas acusações?

– Eu argumentaria com toda a calma. E quer saber, Renato? Vai ser noite de Natal, eu vou me colocar numa posição supervulnerável para eles, acho difícil alguém me agredir por causa disso. Eles são doidos, mas me amam, pô.

Pausa para Renato abrir um sorriso genuinamente feliz, por mais que tentasse fazer uma cara enigmática. Ah, eu adorava ele!

– Você se sente amada? – ele quis saber.

– Muito. Muito – respondi, com 100% de certeza.

– E seu avô Omar? O que você espera dele depois de contar?

– Ah, aquele ali agride qualquer coisa que respira – fui sincera. – Dele e da minha avó eu não espero nada além de preconceito. Mas eles depois eu dobro. Sou boa com as palavras.

Uma pausa. Ele nem esboçou um sorriso.

– Você acha que alguém desconfia?

Pausa minha dessa vez. Pensei, pensei...

– Acho que não. Podem me achar, no máximo, esquisita. Sem vaidade, meio bruta... mas gay... acho que não.

Renato tirou os óculos e limpou as lentes com um lencinho descartável de uma caixa que ficava sobre a mesa ao lado da poltrona chique dele. Enquanto limpava, falou calmamente:

– Você está muito certa do que quer ser e do que é, Natali.

— Sim! E eu tenho certeza de que eu vou ser muito mais feliz depois desse dia, eles aceitando ou não quem eu sou. Eu só quero ser eu pra todo mundo. Cansei de ser só pra mim.

Renato sorriu com os olhos.

— É isso — sentenciou, orgulhoso. — Então você está pronta. Qualquer coisa, sabe que pode me chamar no WhatsApp a qualquer momento.

Agradeci e entreguei a ele o panetone que minha mãe comprou e me obrigou a dar.

— Esqueci na sessão passada. Eu odeio, mas minha mãe disse que esse é o melhor, então...

— Figura! Eu adoro! Obrigado! — exclamou ele, rindo. — Do que você *gosta* do Natal? — Renato quis saber.

Não precisei pensar nem um átimo de segundo para responder.

— De saber que vou encontrar a Mel todo dia 25.

— Hm... E ela? Pensa em contar para ela e para a Pipa? Você nunca quer se aprofundar nessa quest...

— Não vem com pergunta difícil, Renato. A sessão acabou.

— Não ainda. Separei uma coisa pra ler pra você.

— Ler pra mim?

— É. Não precisa falar nada, só ouve com atenção. É de uma autora chamada L.R. Knost. *"A vida é incrível. E depois horrível. E depois é incrível de novo. E entre o incrível e o horrível, a vida é comum e rotineira. Respire o incrível, segure-se durante o horrível e relaxe e exale durante o comum. É apenas a vida; desoladora, curadora da alma, incrível, horrível e comum. E ela é impressionantemente bela."*

NATALI E SUA VONTADE IDIOTA DE AGRADAR TODO MUNDO

Uau.

U-a-u.

– Não preciso falar nada, né? – foi o que consegui dizer.

Renato fez que não com a cabeça.

– Tá. Então... Tchau. Fui. Feliz Natal!

Saí voando do consultório realmente feliz por ter ouvido o que o Renato leu. E me senti muito mais confiante do que depois da sessão anterior. Cheguei em casa, me joguei na cama e me questionei sobre Pipa e Mel. Eu não havia pensado nelas em todos esses anos. Ou havia me esquivado quando elas apareciam no meu pensamento? Por uma razão qualquer que eu desconhecia, eu me sentia mais confortável me abrindo com elas só depois que contasse para a minha família.

Uma coisa de cada vez. Eu só precisava respirar, entender que a vida é incrível e horrível e comum e nunca esquecer que, acima de tudo, ela é bela. Muito bela.

Agora, eu precisava decidir se contaria antes, durante ou depois da ceia.

CAPÍTULO 5

Decidi contar antes. Assim, conversaríamos todos antes de sentarmos à mesa, eu esclareceria dúvidas, responderia a perguntas, que não seriam poucas, e depois iríamos para a sala de jantar para um Natal memorável e pacífico.

Não pode ser tão difícil, eu dizia a mim mesma a cada segundo.

Quanto mais a meia-noite se aproximava, mais ansiosa eu ficava. Se minha respiração estivesse no mesmo ritmo do meu coração, iriam me socorrer achando que eu estava tendo um ataque de asma, um infarto, qualquer dessas coisas. Ainda nem tínhamos saído de casa e eu não parava de checar o relógio do celular.

Nervosa, escrevi uma mensagem para o Renato.

NATALI

Oi. Tudo bem? Feliz Natal! Desculpa a hora, mas e se eu contar antes para alguém? Se eu escolher uma pessoa que me dê guarida?

Apaguei tudo logo em seguida. Ah, não queria ficar importunando o Natal do Renato. E também porque eu não quero ser dessas pessoas que só fazem o que o terapeuta fala. Sou assim não, mano! Pensei bem e estava decidido. Tia Bô seria a primeira a saber.

Antes de sairmos de casa, Belinha perguntou o que eu tinha que não parava de suar se nem estava tanto calor assim.

– Ah, acho que é ansiedade pra saber como vai ser essa volta do Natal em família... – respondi com naturalidade.

Ao chegar na casa de vovó Hilda e vovô Omar, foi como se nunca tivesse existido briga. "Isso é família", meu avô repetia a cada abraço caloroso que dava nos convidados. Ele estava abraçando mais do que qualquer dia dos meus quase 17 anos de vida.

A Bô chegou toda chegando, como ela sempre chegava. Um furacão, uma Beyoncé tupiniquim de carne e osso com ventilador invisível na cara. Ela não estava para briga, e assim que viu meu avô deu nele um abraço muito carinhoso.

Estavam todos muito a fim de ser felizes, de deixar o passado para trás. Se nosso encontro estivesse em câmera lenta, estaríamos como num comercial de banco ou de panetone, com famílias muito, muito sorridentes. E eu cá comigo: *Que clima perfeito justo na noite em que vou sair do armário!*

Depois que todos já estavam entrosados, conversando as amenidades típicas dessa data, puxei a Bô para a varanda, que estava vazia. Ela já estava com sua tacinha de vinho branco na mão. Respirei fundo antes de começar a falar.

– Bô... Você me ama, ama real, né?

– Que pergunta é essa, idiota? – rebateu ela, escrachada como sempre. A única chique que sabe ser escrachada que eu conheço.

– Eu quero contar uma coisa, contar pra todo mundo, e eu acho que... eu acho que...

– Vai contar que você é gay?

– O-oi?

– Natali do céu, mano, que feliz que eu tô por você.

– C-como assim? V-você sabia? C-como?

Eu estava atônita.

– Amor, qualquer pessoa de bom senso que olha pra você diz: ó! Sapatã. Eu falo sapatã, tá? Minhas amigas sapas amam. Mas se preferir te chamo de gay. Ou se usa lésbica ainda? Não sei, é muita letra...

Uau.

– Uau – reagi, surpresa, sem ponto de exclamação.

– Que foi?

– Nada.... Nad... eu tô só... ch-chocada.... Quer d-dizer que vo-você acha que t-todo mundo sabe?

– Não sei todo mundo, falei pessoas de bom senso, e nessa família isso é escasso, você sabe bem.

Rimos juntas enquanto ela me puxava para um abraço.

– Parabéns por ser quem você é e mostrar ao mundo o que você é, meu amor. E muito obrigada por confiar em mim.

– Ah, Bô... Quando decidi contar para uma pessoa antes eu sabia que tinha que ser você. Você é sensata, é modern...

Nesse minuto, Bô começou a bater a unha gigante na taça. Para chamar a atenção.

– O que você tá fazendo? – sussurrei entre os dentes.

– Deixa comigo que eu resolvo essa parada sem trauma – respondeu ela, entre os dentes também.

NATALI E SUA VONTADE IDIOTA DE AGRADAR TODO MUNDO

O que aquela louca estava fazendo?

– Gente, um minutinho da atenção de vocês. Quero falar uma coisa séria aqui.

– Bô! – sussurrei, roxa.

– Natali tem uma coisa pra contar, e aproveitando esse clima maravilhoso que a gente tá vivendo neste Natal, ao contrário daquela nuvem pesada do último, vamos ouvi-la com carinho e com o coração aberto. Sem julgam...

– Bô!

– Desde quando ela parou de te chamar de tia? – perguntou minha mãe.

– Cansei de ser tia. Não quero mais, talvez um dia eu mude de ideia. Mas os sobrinhos estão proibidos de me chamar de tia.

– Desde quando? – mamãe insistiu.

– Desde sei lá, Sabrina! Como você é reguladora! Quer controlar tudo!

– Eu, Simone? Reguladora?

– Ei, ei, ei! Não vamos perder o foco aqui na Natali, por favor? – falou Bô, para quem eu já estava profundamente arrependida de ter contado meu segredo.

Nada daquilo estava combinado, eu precisava de mais tempo, de mais preparação, de uma última ida ao banheiro para respirar pausadamente antes de mudar a minha vida para sempre.

– Você não quer ser mais chamada de tia por quê? Crise de idade? – perguntou tia Sayô, sorrindo mas dando aquela espetadinha marota que as irmãs dão uma na outra. – Chega pra todo mundo – completou, rindo.

— Acho cafona ser chamada de tia. Só isso. Não quero.

— Cafona é esse salto oito só pra vir na casa da mamãe — falou Sayô.

— E você que veio com esse do século passado? Deve estar cheio de chulé.

— Muito maduras vocês, muito maduras — ponderou vovó.

E todos riram, para meu alívio. Não estava começando uma nova briga... Era só família sendo família, e logo o clima voltou a ser mais leve que o ar.

— Mas o que é que você queria falar, querida? — perguntou meu avô. Logo ele.

Engoli em seco. Eu queria beber 17 litros d'água. Vendo meu silêncio, Bô não aguentou a língua dentro da boca.

— Ela fez uma descoberta importante e...

— Ai, meu Deus, doença grave? — Vovó se apavorou.

— Não, mamãe, não é nada de saúde — explicou Bô. — Fala logo, garota — pediu, me dando um tapa forte no braço.

— Eu... eu não queria que... eu não s... lembra quand... sabe quan... Eu n-não sei como dizer isso, m-mas... mas...

— Natali é gay. Pronto — Bô me cortou, sem dó nem piedade. — Tchanãããã!

Ninguém riu da graça que minha tia tentou fazer. Ninguém fez menção de falar alguma coisa, a maioria apenas balbuciava algo que não conseguia botar pra fora em forma de palavras.

Era o primeiro cenário que eu imaginava, estava tudo sob controle.

— Pronto. Viu? Nem doeu. Todo mundo sabia, Nat. De boa! Agora vamos pra mesa, servir a ceia?

Todos continuavam mudos, olhos na minha direção. *Não, Bô, ninguém sabia!*, eu tive vontade de berrar no ouvido dela.

— V-vocês querem... q-querem... fazer alguma perg...

— Desde quando você sabe isso, meu amor? — perguntou minha mãe.

— Sei lá. Acho que desde sempre.

— Calma, isso pode não ser definitivo — falou meu avô.

— Oi, vô?

— É, você é nova ainda, minha filha. Não dá pra saber se você gosta de garotos ou de garotas — falou minha avó.

— Até porque beijar garotas não te faz gay. Beijei várias quando tinha a sua idade, toda garota beija amiga, né, gente?

Os olhares saíram de mim e foram todos velozes e incrédulos na direção da tia Sayô, que fez essa confidência bem no meio da minha saída de armário.

— Nunca beijei amiga não — disse Bô. — E sou artista, hein?

— Ah, para, nem selinho?

— Selinho não é beijo, Sayô! — estrilou Bô.

— Eu nunca beijei e estou bem surpresa que você tenha beijado tantas amigas. Foi lá em casa isso? — vovó perguntou, angustiada. — E por que você tá contando isso agora? Que nojo!

— Nojo? Olha, eu também nunca beijei — disse minha progenitora. — Mas nojo não é a palavra, né, mãe? Francamente.

— Ah, então dane-se. *Eu* beijei várias garotas e não sou sapatão! — Sayô aumentou o tom de voz. Mas quase sussurrou para perguntar ao se aproximar de mim: – Tudo bem falar sapatão ou é politicamente incorreto?

– Tudo bem. Chamei de sapatã e ela ficou de boa – Bô respondeu por mim. – Amo falar *sapatã*. Melhor que sapatão, né?

Depois de fuzilar minha tia com olhos, respondi:

– Eu não sei, tia, eu não tô ligada em rótulo, em sigla... Pra mim tanto faz. Eu só queria contar pra vocês...

– Na véspera de Natal, filha? Sem um preparo, nada? – questionou meu pai, suando frio, visivelmente incomodado.

– Mas você beijou ou não beijou alguma garota? – perguntou Sayô.

– Não beijei nem garota nem garoto, tia! – estourei.

– Com 16 anos? Meu Deus, por quê? O que acontece com essa geração? – reagiu Bô, indignada.

Eu queria me enfiar num buraco e desaparecer dali. De repente todo mundo começou a falar ao mesmo tempo.

– Interesse em garotas não te faz ser homossexual, minha filha – tentou meu pai.

Foi difícil prender o riso.

– Talvez você seja... bi – prosseguiu.

– Não, pai. Eu não sou bi. Se eu fosse seria mais fácil pra você?

– N-não, Nat, nada a ver. Nada é fácil pra... Isso é muito novo pra mim, eu...

– Gente, qual o problema? A Nat gosta de meninas, e daí? – perguntou Enrico, o caçula da família.

– É! Pra que esse espanto, essa reação já tinha que ter acabado há meia hora! – Belinha manifestou-se. – Vamos pra mesa, por favor! Tô roxa de fome... Anda, dispersandoooo...

NATALI E SUA VONTADE IDIOTA DE AGRADAR TODO MUNDO

E assim, na sutileza infantil de Belinha, as coisas pareciam ir tomando seu rumo.

Só que não.

– Como é que eu vou conseguir comer depois de uma notícia dessas? – falou meu avô.

– E eu?! Minha filha, pensa bem – disse minha avó. – Isso não é certo...

– Não é certo? Que frase é essa? – Minha mãe saiu em minha defesa.

– Isso é errado, por acaso? – Tia Sayô fez coro.

– O que tem de "não certo" nisso se a garota não tá fazendo mal pra ninguém? Pelo contrário, ela ainda tá no prejuízo, porque nunca beijou ninguém – Bô me defendeu.

– Chocada com isso – afirmou Sayô.

– Eu também. A gente já tinha beijado vários na idade dela. No seu caso, vários e várias – Bô sussurrou para Sayô, que riu orgulhosa.

– Eu... Eu... eu não estou passando bem... – disse minha avó, indo em direção ao quarto. – Vocês fiquem à vontade, eu vou deitar um pouquinho.

– Eu não acredito que você fez isso – meu avô falou, olhando bravo para mim, e foi atrás dela.

Minha mãe foi pegar mais vinho, tia Sayô foi junto, Bô veio me abraçar e tio Alberto nada disse, apenas deu de ombros e foi jogar Angry Birds na sua poltrona preferida, como se nada tivesse acontecido.

Depois de um breve silêncio e o caos devidamente instaurado, meu pai lançou a pergunta:

— Tá contente, Natali? Era isso que você queria, acabar com o primeiro Natal depois da grande briga? O primeiro Natal da nossa família...

E senti como se todos os músculos do meu coração estivessem se rasgando. Da cabeça até os pés. Tudo se rasgava, queimando dentro de mim.

— Você não acabou com Natal nenhum — disse Belinha, ao me abraçar por trás. — Lembra que todo ano, independentemente de você, nosso Natal é assim, uma bosta. Corajosa é pouco pra você. Tô morta de orgulho.

Com medo de a vovó Hilda passar mal, parecia que eu estava encolhendo a cada segundo que passava. Ninguém estava orgulhoso ali. Só minha irmã mesmo. E a Bô. O resto...

Eu estraguei. Eu estraguei tudo.

CAPÍTULO 6

Cabisbaixa na sala de espera, eu aguardava o meu momento de encarar o Renato e despejar tudo. Eu estava pesada, angustiada. *Como eu odeio o Natal, como eu odeio o Natal!*, repetia internamente. A porta se abriu e, sem olhar nos olhos dele, entrei, envergonhada

– Eu não sei nem por onde começar – falei, encarando meus pés.

– Sugiro que do começo – ele disse.

– Obrigada por me atender antes do Réveillon. Sei que combinei de não vir.

– Tudo certo. Essa época do ano é sempre a mais cheia no consultório. Não se preocupe.

Era reconfortante ouvir aquilo. Eu não era a única a viver dramas profundos no fim do ano. Não se sentir sozinha, definitivamente, é uma das melhores sensações que existem. Respirei fundo.

– Foi péssimo – comecei.

Ele juntou as mãos junto ao queixo e ficou me ouvindo com atenção.

– Eu tô me sentindo a pior pessoa.

– Por quê?

– Porque não foi como eu imaginei que seria!

– Eles reagiram mal?

– Não – respondi. – Nem mal, nem bem.

– Não estou entendendo, Natali.

Respirei ainda mais fundo.

– Eu não consegui falar nada. De novo – desabafei e caí no choro. Isso mesmo que você leu. Eu não tive coragem de falar nada.

Logo ele me estendeu a caixa de lencinhos para que eu assoasse o nariz.

– Por quê? O que aconteceu?

– Aconteceu que eu sou uma fraca. Uma covarde. Eu fui da Barra até São Conrado me preparando, ensaiando a cena toda na minha cabeça. Com riqueza de detalhes. Eu estava segura, confiante, pronta para rebater qualquer resposta. Estava tudo certo. Tinha até pensado na Bô pra contar primeiro, precisava ver como foi incrível o meu diálogo com ela dentro da minha cabeça – expliquei. – Mas aí, no meio do meu ensaio mental, eu meti os pés pelas mãos e o meu segredo acabou com a festa. Na minha cabeça, sim, mas teria acabado na vida real também. Eu acho. E a verdade é que o clima lá na casa dos meus avós era de harmonia, era alegria de anúncio de margarina, tanto riso que eu não quis correr o risco de *estragar* a festa. Depois de um ano sem Natal, não era justo essa família ter um transtorno, mínimo que fosse.

Eu soluçava no sofá. A minha cabeça criou o pior cenário do mundo, colocou na minha frente os meus medos, meus pavores e, em vez de peitá-los, eu travei.

– Estragar o que nem aconteceu? O que te faz usar esta palavra: estragar?

— Porque é como eu me sinto, estragada.

Eu nunca tinha pensado naquilo. Saiu sem o cérebro processar. Foi do coração direto para a boca.

— Estragada? Por quê?

— Ah, Renato... – eu disse, já menos soluçenta. – A única fruta da árvore que não é igual às outras, né?

— Não ser igual é sinônimo de ser estragada desde quando?

Nem respondi.

— O Natal foi tão mágico, especial e inesquecível, para usar algumas das palavras que enalteceram a noite, que vovô e vovó chamaram a gente pra passar o Réveillon na casa deles. O Hotel Nacional vai ter cascata de fogos e eles querem juntar a família de novo – contei. – Então eu... eu vou ter outra oportunidade de contar para todo mundo.

Diante da expressão surpresa de Renato, fiz questão de verbalizar que...

— Isso mesmo. Não vou esperar até o próximo Natal pra falar. Preciso fazer antes de completar 18.

Ele sorriu com os olhos. Dava para ver que ele estava orgulhoso de mim. E eu fiquei bem feliz. Por dar orgulho ao meu terapeuta, que me ajudava tanto, fazia anos, e a mim. Sim, eu senti um orgulho imenso de mim.

— Isso é uma desculpa que eu mesma inventei para me boicotar, um problema que eu criei pra mim. Não faz a menor diferença eu falar dia 30 em vez de dia 24.

— Menor diferença – ele repetiu.

– Eu só queria parar de ser covarde, parar de...

– Natali, pare de se punir! – pediu Renato. – Pra que se levar tão a sério? Não aconteceu, tudo bem.

– Não acontece há anos!

– Tudo bem! – insistiu ele. – Só o fato de você querer contar tudo na noite do Réveillon já diz muito sobre sua evolução desde que começamos aqui.

Fiquei feliz ao ouvir aquilo. Eu estaria sozinha com todos os meus familiares mais uma vez. E agora eu não sofreria por antecedência e nem faria um filme de terror na minha cabeça para me paralisar. Agora era pra valer: eu *realmente* tiraria o band-aid de uma vez só.

Contei ao Renato que a Mel tinha ido esquiar com os pais na França e a Pipa iria para o México nadar com golfinhos, o sonho da vida dela, mas só viajaria na manhã do dia 30.

– Eu vou contar para ela – avisei.

– Muito bem. O que te fez mudar de ideia?

– Não sei. Talvez o fato de a Pipa ser a pessoa com quem eu mais me sinta à vontade do mundo. A que mais me entende, a que melhor me conhece. Ela me conhece do avesso, sabe? Ela pode, inclusive, me ajudar a contar para a minha família. Na real, ela é minha família.

Renato pareceu concordar com a minha atitude, mas ele é meio enigmático às vezes e eu odeio isso.

– Se mudar de ideia e der na telha de você falar antes só para os seus pais, ou só para a Belinha, ou só para a sua amiga do Instagram...

– Ela parou de me escrever.

– Tá, ok. O que eu quero dizer é que tudo bem você mudar de ideia no meio do caminho. Você não tem que cumprir à risca o plano que você própria traçou. A vida é feita de imprevistos, e é isso que torna tudo tão bonito.

– Hm... Falou bonito – zoei.

Um leve sorriso surgiu no rosto do meu terapeuta antes de ele dizer:

– Só não quero que você se pu...

– Me puna. Tô ligada.

– Boa menina.

Acordei dia 29 e, antes mesmo de escovar os dentes, mandei uma mensagem para a Pipa perguntando se eu poderia ir até a casa dela. Ela disse que óbvio, que a tia Naná estava preparando o ovo perfeito, que eu amava, com gema mole e uma pitada de flor de sal. Além de chique, poderosa e fodona, tia Naná é chef nas horas vagas.

– Tem aquele pão daquela padaria artesanal de Botafogo? A que fica perto do trabalho da sua mãe? Aquele que congela superbem? – perguntei.

É como diz minha avó: "dê dinheiro, mas não dê intimidade para uma pessoa". Eu era íntima da Pipa nesse nível. Bom, né?

Falar em café da manhã já abriu meu apetite. Pulei da cama e fui escovar os dentes e tomar banho. Embaixo d'água, eu tentava ensaiar o mínimo possível, tentava pensar em qualquer coisa que não fosse antecipar como seria contar para a minha melhor amiga da vida um segredo da vida toda. *Será que ela vai se sentir traída por eu nunca ter falado? Será que conto da Mel? Será que... Para de pensar, Natali!*

Quando eu estava saindo, Belinha estava atracada com O festim dos corvos, o quarto volume da série Game of Thrones, mas, mesmo com todas aquelas maravilhas inventadas por George R. R. Martin, me notou passando apressada pela sala.

– Vai aonde?

– Me despedir da Pipa. Vou filar o café da manhã de hotel da tia Naná.

– Oba! Posso ir?

– Não! – falei sem pensar.

– Por quê?

Porque era só o que faltava falar pra ela e para a Pipa no mesmo dia!

– Por quê? Porque... Porque ela quer me contar uma parada.

– Que parada?

– Uma parada dela.

– Que parada dela?

– Deixa de ser fofoqueira, Belinha!

– Saco – soltou, resignada. – Se der, traz uma quentinha pra mim. Você volta pro almoço?

Falei que voltava e ela se agarrou novamente com o livro.

Fui caminhando até a casa da Pipa e assim que virei a esquina da rua dela senti o cheiro do bolo de cenoura. Tia Naná sabe que eu sou louca por bolo de cenoura e tratou de fazer um pra mim. Ou seja, ia estar quentinho, tinindo de perfeição. A família que eu escolhi é muito nota mil, viu?

NATALI E SUA VONTADE IDIOTA DE AGRADAR TODO MUNDO

A mesa, impecável, estava montada no jardim. O dia estava bonito, céu azul e um calor de meio-dia, embora ainda não fossem nem onze da manhã. Babete, a vira-lata mais doida da face da Terra, logo veio pular no meu colo. Ô, bicha carente. Aquela lá me amava desde que fui com elas no abrigo adotá-la.

A piscina estava convidativa, e Pipa logo brigou comigo porque eu não tinha ido de biquíni.

– Tô menstruada, cheia de cólica – expliquei.

– Que é que tem?

– Ah, não quero pegar sol, Pipa.

Dona Manoca, que trabalhava na casa da minha best desde que a gente não existia, trazia os acepipes para a mesa com um sorriso nos lábios.

– Nossa, o cheiro tá maravilhoso! – elogiei.

– Café da manhã de aniversário tem que ser caprichado. Dezessete anos, aquela menininha que peguei no colo... quem diria – disse dona Manoca.

Que fofura. Sorri com o rosto inteiro. Assim que ela saiu, disse a Pipa:

– Depois do café eu queria conversar com você.

– Claro.

– Conversar o quê? É sobre masturbação? Diz que é! – falou tia Naná, chegando com um cesto de pães de queijo na mão.

Quase engasguei com o chocolate quente.

– O-o q-quê, tia?

– Ah, ontem eu puxei esse assunto aqui em casa e descobri que vocês não falam sobre isso. Como assim, gente? Você é BV, Natali! Você

PRECISA se tocar. Como é que vocês não conversam sobre isso? O mundo tá perdido mesmo.

– Mãe! – fez Pipa, roxa de vergonha.

– Amor, ela é sua melhor amiga, tudo bem vocês falarem sobre isso – disse tia Naná, serenamente – Você se masturba, Nat?

Meu Deus, não era nem meio-dia e eu já estava sendo bombardeada com perguntas sobre masturbação? Justamente no dia em que trataria de outro assunto tabu?

– Isso não pode ser um tabu pra vocês! – exclamou tia Naná, parecendo ter lido meus pensamentos. – Não pode não ter mudado *nada* do meu tempo pra hoje! Não me matem de desgosto!

– Mudou sim, mãe! – Pipa disse, defendendo nossa geração.

– É, tia, a gente fala sobre tudo!

– Não tô falando de hashtag, tô falando de vida real! Vocês se agarram tanto a algumas causas, falam sobre tudo nas redes, mas esquecem de olhar para vocês como indivíduos, não param para entender nem abraçar as suas próprias causas, as suas próprias hashtags. De vocês como indivíduos, não no coletivo.

Uau... Provavelmente se minha mãe fizesse aquele discurso eu estaria revirando os olhos, impaciente, falando "cringe" entre os dentes para ela. Mas não. Fazia todo o sentido o que a tia Naná, a sábia tia Naná, estava falando.

– Tá uma delícia o ovo, mãe – Pipa tentou desviar o rumo da conversa.

Mas tia Naná estava com a ideia fixa no clitóris.

— Vocês precisam se conhecer, explorar o corpo de vocês! Outro dia levei a Pipa na ginecologista, aliás, você devia ir nela, Nat, ótima, especialista em adolescentes. Ela disse que ninguém da idade de vocês se masturba! Ninguém! Eu quase tive um treco. Aí sabe o que tá acontecendo? Ela disse que as meninas transam com os meninos, não sentem prazer basicamente porque não se conhecem, porque não sabem *onde* sentem prazer, e se autodenominam bi. Simples assim. Nem sabem se são mesmo, só tiram essa conclusão porque não gostaram das suas transas com garotos. Independentemente de gostar de transar com um ou com outra, vocês têm que gostar de transar com vocês!

— Mãe! Para de falar essas coisas na mesa do café. Daqui a pouco a dona Manoca chega.

— O que é que tem? Aposto que ela se masturba. No chuveirinho do banheiro dela, se duvidar.

— Mãe! — falou Pipa, enterrada na própria vergonha.

Tia Naná estava com a corda toda e me pôs a pensar. Eu nunca fui de me masturbar. Foram duas, três vezes no máximo. Mas com ou sem me tocar, eu sabia que era gay, e o que eu mais queria era um dia dizer a Mel tudo o que eu sentia e depois fazer amor com ela. Fazer amor com ela. Que coisa adulta e cafona. Mas o amor é brega, né?

Pipa foi ao banheiro tentar se acalmar enquanto tia Naná seguia ligada no 220 volts.

— Você fala com a sua mãe sobre isso, Nat? Você tem vibrador? Sabe que pode falar comigo caso a Sabrina seja careta com esse tipo de conversa, né?

O café da manhã correu bem, e mesmo obcecada com o assunto masturbatório, tia Naná estava hilária e nos fez dar boas risadas. Ela e a Pipa eram superamigas. Pipa contou para ela, antes de contar pra mim, que tinha perdido a virgindade com o Lucão aos 15 anos. Eles se pegaram umas três vezes e era tão bom que a Pipa decidiu transar com ele. Sem romantização, sem medos, nem noias, sem fazer disso uma grande questão. Deu vontade, ela fez. Simples assim.

Pipa sempre foi gorda e se sente extremamente confortável na própria pele. Segura e confiante, vira e mexe ela transa com uns boys aí sem nenhum peso na consciência, sem pensar no antes, no durante ou no depois, sem catastrofização, como dizia meu terapeuta, com a cabeça leve.

Era sempre suave, umas vezes melhores que as outras. Pipa é minha ídola. Se ela se apaixonasse, ótimo. Se não, ótimo do mesmo jeito. Ela nunca teve vergonha do corpo. Já eu, cheia de ossos aparentes, tenho, e muita. Ela tem certeza de que é a garota mais gostosa do Rio, quiçá do mundo. E quer saber? Ela é mesmo. Autoconfiança é a melhor maquiagem, o melhor filtro.

Depois do café, eu e Pipa fomos para o quarto dela, que eu achava lindo, supercool e, ao mesmo tempo, supermenininha. Sentei ao pé da cama com meu ukulele e comecei a dedilhá-lo. Ter aquele instrumento junto comigo me trazia uma segurança que vinha não sei de onde. Enquanto ela mexia no celular com seus olhos grandes e vibrantes, perguntou:

– Cê acha que a Jôja tá pegando o Furtado?

– Eu queria falar com você... tem como você deixar o celular de lado um pouquinho?

Foi então que minha garganta começou a secar. Parecia que eu tinha comido a farofa terrível da minha mãe. O dedilhado no ukulele estava em descompasso e desafinado. A segurança tinha ido embora. Coloquei-o do meu lado.

– Xi... – fez Pipa, já pousando o aparelho sobre sua mesinha de cabeceira.

– Eu... eu tenho uma coisa pra te contar que... eu queria muito, mas muito mesmo, que nada mudasse entre a gente...

– Ô, amiga, nada vai mud...

– Você é uma das pessoas que eu mais amo na vida. Tão minha irmã quanto a Belinha.

– Você também! – disse ela, com a carinha preocupada. – E não tem essa de alguma coisa mudar entre a gente, nunca vai mudar. A não ser que você tenha matado alguém.

E ela fez uma pausa dramática.

– Você matou alguém?

Ri e fiz que não com a cabeça, e ela reagiu aliviada, palhaça.

Então inspirei com força, levando o ar lá para o fundo dos pulmões. Expirei lentamente e então lancei:

– Eu sou gay.

Um segundo de silêncio antes de completar:

– Ou lésbica, como você preferir.

Mais um silêncio.

– Cê é gay?! – indagou ela, com a expressão muito menos assustada do que a que eu tinha previsto.

Fiz que sim com a cabeça e baixei os olhos.

– Gente... mas é claro... – ela disse para si mesma. – D-desde quando você sabe?

Respondi calma e vagarosamente.

– Desde sempre...

– Por que você não me falou antes? – ela questionou, visivelmente indignada.

Surpresa. Pipa estava evidentemente surpresa. Não em choque, mas surpresa.

– Talvez porque eu quisesse ter 100% de certeza. Antes de falar pra você eu tive que falar mil vezes pra mim.

Baixei os olhos de novo e deixei uma lagrimazinha escapar. Imediatamente Pipa se aproximou para me dar o abraço forte que só ela sabia dar.

– Nat... Nada vai mudar entre a gente...

E eu só chorava.

– Ei! Natali Barbosa Junqueira, olha para mim! – pediu ela, segurando meu rosto com as mãos.

E eu olhei bem fundo nos olhos dela.

– Nada, absolutamente nada vai mudar entre a gente, meu amor. Eu tô aqui. Tamo junta. Sempre e pra sempre. Não é esse nosso lema?

– Jura? – perguntei, chorosa.

– Preciso jurar?

NATALI E SUA VONTADE IDIOTA DE AGRADAR TODO MUNDO

Aquela era mesmo a garota mais especial que eu conhecia. Ficamos abraçadas um bom tempo. Como era bom me sentir quentinha nos braços da Pipa. Me sentir acolhida e merecedora de todo aquele carinho. Uma amizade construída com tanta verdade não podia ter segredos, e só agora isso estava tão claro para mim.

– Posso te fazer uma pergunta?

– Quantas você quiser, Pipa.

– Você já pegou alguma garota?

Seus olhos brilhavam. E os meus brilharam também. Pela curiosidade dela, pelo genuíno interesse da minha melhor amiga por mim. Fui sincera e contei a mais lastimosa verdade.

– Nada. Até sua mãe sabe que eu sou BV. Obrigada por isso, aliás.

Rimos juntas. Como era bom ser eu naquele momento. Me senti realmente confortada. Tirei um piano das costas. Um não, doze.

– Caraca, agora tá tudo fazendo sentido, mas eu nunca suspeitei – disse ela.

– Sério?

– Supersério. Ou suspeitei e logo deixei de suspeitar, não sei. Você não tem jeito de gay. Ai... Essa frase é horrível?!

– Não! Quer dizer, comigo não tem problema! – respondi, acalmando minha amigona – Às vezes eu acho que eu tenho, às vezes acho que não...

– Às vezes eu te acho superfeminina, mais que eu. Outras eu fico só esperando você subir a meia e cuspir para o lado – falou, rindo e me levando ao riso.

– Sério? – questionei. – Talvez todo mundo seja assim, meio masculino e feminino. Às vezes mais um do que outro... – filosofei.

– Talvez... mas talvez tenha uma sutileza sua que eu, insensível, não reparei e nunca puxei esse assunto com você. Que tipo de amiga eu sou? Que péssima amiga, que péssima, me desculpa, Nat...

– Ei, para com isso! – pedi.

Sua atenção estava em outro lugar, conheço aquele olhar absorto há muitos anos.

– Eu tô aqui fazendo uma retrospectiva da nossa amizade. Pensando em... em como você nunca se empolgou de verdade com nenhum garoto. Desde pequenininha. Nem com o Barcelos, da alfabetização, que era o crush de todo mundo.

– Testa mínima, eu tenho nervoso de testa pequena, você sabe.

– Nem com o Ferrara você se empolgou, e ele era descaradamente a fim de você.

– O queixo dele parece uma bunda, cê sabe que eu implico com queixo bundístico.

– Pois é! Você botava defeitos ridículos em tudo que era boy que eu comentava com você na escola. Desde sempre! Tá tudo explicado – concluiu Pipa.

Dava pra notar que o pensamento dela estava viajando para uns bons anos atrás. Eu conseguia ver, só de olhar para ela, os lugares que ela estava revisitando, as cenas que estava revivendo, os diálogos que teve comigo... Um sorriso deixava claro que ela tinha a mesma certeza que eu: nós duas tínhamos sido muito felizes, muito irmãs e muito cúmplices até ali. E aquilo era bonito.

– Te amo, amiga – eu disse, fofinha, coisa que nunca fui.

NATALI E SUA VONTADE IDIOTA DE AGRADAR TODO MUNDO

— Eu acho que a Salgado é gay — ela disse, me ignorando solenemente, os olhos brilhando. — Fala com ela! Quem sabe vocês não... – completou, com cara de safadinha.

— Que Salgado, o quê? Ela é chata. *Você* acha a Salgado chata, lembra? E ela não gosta de ler. E *diz* que não gosta de ler. Menor condição de algum dia eu me aproximar romanticamente da Salgado, né, Pipa?

Ela balançou os ombros, resignada.

— Além do mais... Não é porque eu sou gay que qualquer garota gay vai me interessar não, viu?

Pipa suspirou antes de se desculpar pelo pequeno surto.

— E a Mel? Ela sabe?

E outra vez veio a secura da farofa da minha mãe brincar na minha garganta.

— Então...

— Ela também é gay? – indagou Pipa, os olhos arregaladíssimos, a própria descrição de fofoqueira no dicionário.

— Não! Quer dizer, acho que não, não sei... Eu só sei que... que...

Ao entender tudo (na maioria das vezes eu e ela nos falávamos com pausas), Pipa botou as mãos sobre a boca e ficou com aqueles olhos acesos e espertos olhando para mim com espanto indisfarçável.

— Você é a fim da Mel!!!! – falou ela, como se tivesse descoberto a pólvora.

Baixei os olhos, depois a cabeça.

— Você gosta da Mel! – ela concluiu, pulando em cima de mim para um abraço. – Eu shippo muitooooo!

Eu sei! A Pipa é a garota mais incrível do planeta.

— Calma! Eu só vou contar pra ela depois que contar pra minha família. Quando ela voltar da França eu conto. E todo mundo que importa pra mim vai ficar sabendo. Você acha que ela é hétero?

— Acho. Mas achava que você era também, então não dá muito crédito pro meu achômetro não.

Rimos juntas. E assim, sem dor, sem frio na barriga, sem (tanta) secura na garganta, sem trauma, eu contei meu segredo à minha melhor amiga e de quebra ainda respondi todas as suas perguntas. E que alívio não carregá-lo mais sozinha! Que alívio poder contar com a Pipa, ter a certeza de que absolutamente nada mudaria entre a gente, nada mexeria na nossa amizade. Ela pegou minha mão com delicadeza e, emocionada, disse:

— Nunca vou soltar a sua mão, assim como eu sei que você nunca vai soltar a minha. *Tamos* juntas pra sempre, tá?

— Pra sempre.

Terminamos a manhã cantando "What a Wonderful World", que eu amava tocar no ukulele. Parecia mais uma manhã normal com minha melhor amiga, mas tinha sido a mais importante com ela até então.

CAPÍTULO 7

A conversa leve com Pipa me fez ver que ser gay não era nenhuma tempestade em copo d'água, que sair do armário seria bem menos doloroso do que eu imaginei por tantos e tantos anos. Uma sensação muito boa invadiu meu corpo. Parecia que eu estava tendo uma overdose de ocitocina, o chamado hormônio do amor (o mesmo que as mães liberam quando estão amamentando. Aprendi isso na terapia). Fiquei mais confiante ainda em contar para a minha família.

Pipa disse para contar durante ou depois da ceia. Durante porque eu nunca fui fã de comida de fim de ano, depois porque eu poderia pular a rabanada. *Uau, isso seria ótimo mesmo,* eu disse a Pipa.

Decidi contar na hora dos fogos, enquanto abraçasse cada um. "Vai ser épico", minha best previu. E eu acreditei. A conversa com Pipa foi boa em vários sentidos, até para eu me aceitar melhor, me enxergar com mais orgulho, com mais sutileza. Além disso, nosso papo de irmã me deu coragem para levar a conversa com minha família sem problematizar.

Por um momento fiquei na dúvida se contava para a tia Naná, sempre tão disposta a ser um ouvido para mim, e pedia para ela adiantar o assunto com os meus pais, mas não. Nada a ver envolver terceiros nesse assunto tão, tão meu. Tudo bem que ela era A tia confidente da galera, sempre foi. Mente aberta, espírito livre, a tia Naná era a mãe que todo mundo queria ter. Não que eu não gostasse da minha, eu amo minha mãe. Mas... ah. A grama dos outros é sempre mais verde, não é o que dizem?

Eu estava animadíssima! Tinha comprado um vestido lindo, douradinho com branco, prendi o cabelo numa trança boxeadora que eu mesma fiz vendo tutorial no YouTube (e ficou lindaaa) e botei um All Star de cano alto branquinho, eu estava muito style, *mals aê*.

– Tá podre esse cabelo. Mirou na Maísa e acertou no espantalho de *O Mágico de Oz*, tá ridículo! – disse Belinha, tão doce.

– Também te amo – zoei, rindo, mas de raiva.

– Meninas, parem com isso! – pediu minha mãe.

– Alguém viu minha camisa branca de linho?

– Acho que botei pra lavar, Artur.

– Ah, não, Sabrina! Porra! Sem me perguntar?

– Calma, precisa falar assim? É a única camisa branca que você tem?

– De linho é! – meu pai respondeu, bem exaltado.

O climão foi fatiado por Belinha.

– Pai, de que adianta linho se essa calça aí é mais velha que o vovô e a vovó juntos? Nada vai melhorar esse look, nem linho. Outra coisa: se você queria tanto usar essa camisa hoje, devia ter lavado você mesmo...

– Sabrina, Sabrina, quantas vezes eu te pedi pr...

NATALI E SUA VONTADE IDIOTA DE AGRADAR TODO MUNDO

Com o semblante fechado minha mãe já ia responder, mas eu fui mais rápida.

– Pai, deixa quieto! Que bobagem, bota qualquer camisa e vamos – apaziguei. – Hoje é o último dia do ano, dia de paz, dia de festa, de vibrar coisas boas, de pensar positivo.

– Para de palhaçada, Natali! – brigou ele. – Queria ver se fosse com você, o escândalo que você ia estar dando agora. Pô!

E nesse clima *suuuper* agradável, seguimos para a cobertura da vovó para ver a tal cascata de fogos e, se o tempo colaborasse, darmos um tchibum na piscina dela depois da meia-noite.

Eu sempre gostei muito mais da noite de Ano-Novo do que da de Natal. O cardápio é a mesma bosta, praticamente, mas tem a coisa de fazer pedidos batendo no teto, de comer uva e lentilha, que eu amo, de agradecer, de pular as sete ondas, de estabelecer metas... Adorava aqueles rituais, e, para melhorar, ninguém tinha que dar presente pra ninguém.

Por isso, eu estava bem orgulhosa da decisão que eu tinha tomado, de contar, para um de cada vez, o meu segredo. Era a noite perfeita para o anúncio do meu novo eu, do meu verdadeiro eu. E não o transformaria num evento, seriam apenas pequenas conversas durante a longa noite de Réveillon.

Muito melhor e menos traumático do que os pesadelos que eu tinha acordada só de pensar no assunto ser revelado no Natal para aquela pequena grande plateia. Como sabiamente disse Foucault, "precisamos resolver nossos monstros secretos, nossas feridas clandestinas". E era isso que eu estava prestes a fazer.

No apartamento da vovó, olhando as mil fotos da nossa família ao longo dos anos, sorri com os olhos. Era bonito ver como, apesar das diferenças e discussões, éramos uma família unida. Uma família amorosa, acima de tudo. Às oito da noite, meu celular tremeu. E me fez tremer.

MEL
Bonne année. *Feliz ano-novoooo!* Tu me manques!

Meus olhos soltaram faísca com a mensagem. Logo depois, ela mandou uma foto fazendo biquinho usando roupa de neve, gorro. Que bonitinha que ela estava...

NATALI
Feliz ano-novoooo! Manques???

MEL
É saudade em francês. Tô muito francesa já. hahaha

NATALI
Sdds tb <3

MEL
😗 *Te amo!*

O ar ficou em suspenso. Na noite em que toda a minha família saberia o meu segredo, o *eu te amo* da Mel (eu, ela e a Pipa tínhamos esse hábito de sempre dizer eu te amo uma pra outra) bateu diferente. Eu queria tanto dizer para ela que a amava também, mas de uma outra maneira. Será que algum dia eu seria capaz de me declarar para a Mel?

Calma, Natali... Uma coisa de cada vez...

Meus pais não trocaram uma palavra durante a festa. Ainda bem que o apê era grande, mas a impressão era de que eles estavam adorando não se esbarrar.

Além da família, meus avós chamaram uns vizinhos muito gente boa e animados, e a noite seguiu suave até o romper do ano. E tome de fogos, champanhes abertos, abraços efusivos e sorrisos sinceros. A cascata do Hotel Nacional começou a cair quando puxei minha mãe para apertá-la com todo o meu amor.

Abraçada a ela, fiquei um tempinho só sentindo sua pele, aquele cheirinho gostoso que só a pele de mãe tem. Aquele lugar de aconchego que eu conheço tão profundamente. Estávamos tão grudadas que dava pra sentir nossos corações batendo juntos. Eu precisava falar. Aproximei minha boca do ouvido dela e disse bem baixinho.

– Eu gosto de garotas, mãe.

Ela se afastou de mim na mesma hora.

– Tudo bem? – perguntei, assustada com o susto dela.

– T-tudo, desculpa, filha. Eu, eu não esperava isso... agora... só isso. Vem cá.

E me abraçou de novo. Fez as mesmas perguntas da Pipa, para as quais eu já sabia as respostas. Segurou meu rosto com as duas mãos, disse que tudo o que ela queria era me ver feliz e agradeceu a confiança. Então olhou bem fundo nos meus olhos. Eu estava esperando nada mais, nada menos que um eu te amo materno lotado de amor, afeto e empatia.

– Alguém mais sabe? Alguém mais da família?

Hum. Bem diferente de "eu te amo". Mas tudo bem.

– Não. Ninguém, só você. E eu queria que você prometesse que não vai contar pra ninguém – pedi.

– Prometo.

– Eu que quero contar.

Ela fez uma cara estranha.

– Hm... Tá, mas... não hoje, tá?

– Hoje sim – reagi, desanimada.

– Não, Nat. Hoje não, não conta pra ninguém. Por favor.

Xi...

– Nem pra Belinha?

– Ela vai contar pra todo mundo antes de você, Natali.

– Mas eu queria tanto me livrar d...

– Nat, por favor. Eu tô te pedindo.

Eita. Eu... eu não esperava aquela reação.

– Você... você tem vergonha de mim, mãe?

– Não! Não é nada disso, meu amor, imagina! Acho, inclusive, que eu sempre soube. Acho que mãe... sabe. Simplesmente sabe – explicou, sorrindo com toda ternura para mim.

NATALI E SUA VONTADE IDIOTA DE AGRADAR TODO MUNDO

Sorri aliviada. Poxa, ela não tinha vergonha de mim, isso já era muito bom de saber.

— Então o que é? — perguntei, sem conseguir me aguentar.

Minha mãe olhou para os lados, o maxilar enrijecido, as sobrancelhas grossas tensionadas. Ela estava muito estranha. Droga! Logo ela!

— Mãe... Me fala a verdade... Você acha que, por ser diferente de todo mundo, eu posso estragar a festa com o meu segredo?

Ela demorou alguns segundos para responder, parecia meio aérea.

— Não, meu amor! Não!!! Não é nada disso. Por favor, não pensa bobagem!

Mamãe parecia transtornada. *Droga! Entendi tudo. Ela está fingindo levar bem o assunto mas na verdade está angustiada, eu conheço ela e esse olhar entre tenso e triste.* Foi impossível não botar para fora meu estranhamento com o evidente incômodo materno.

— Então me ajuda a não pensar bobagem, porque te ver assim toda aflita e preocupada não tá sendo muito legal. Tô achando que você tem medo que eu magoe as pessoas, que seja um choque muito horrível, que acabe com o nosso Réveillon, que n...

— Eu não quero que a sua avó seja surpreendida duas vezes na mesma noite.

— Duas vezes?

Agora era ela quem parecia tentar controlar a ansiedade.

— Meia hora atrás eu contei a ela que... que...

— Que o quê, mãe? — perguntei, preocupada.

— Eu não queria te dar essa notícia assim.

— Fala logo! — implorei, nervosa. — Você tá doente? Ou o papai?

— Não, filha. Eu... eu tô me separando do seu pai.

Opa! Uauauau! Atropelada e absolutamente impressionada com a virada no roteiro desse filme! Como assim separados?

— Mas vocês estão bem, quase não vejo vocês brigando ultimamente — falei, me ouvindo e entendendo que o que eu tinha acabado de dizer era o que eu gostaria que fosse verdade. Porque a verdade, eu sei, é que os meus pais não sabem viver sem discutir. E isso é muito ruim. Pra eles, pra mim e pra minha irmã, pra todo mundo.

— A gente não briga mais. E também não sente falta um do outro mais, não namora mais, não se respeita mais. Tem que acabar. Já era para ter acabado.

Meus olhos se encheram de água. Ela me puxou para um abraço.

— Desculpa, eu não queria que você soubesse assim. Eu queria contar primeiro para os seus avós e depois para vocês, com toda a calma do mundo.

Eu não consegui prender o choro.

— Não chora, filha.

— Eu não tava esperando isso! Nunca eu esperaria isso!

— Nat... a gente vai seguir sendo família: eu, você, seu pai e sua irmã.

Sem dizer a ela que aquela frase era uma mentira, que eu nunca mais daria, de camisola, um beijo de boa-noite neles dois, dei um suspiro bem longo antes de dizer que:

— Isso é muito mais grave do que o meu segredo. Muito mais triste também.

— Meu amor! Ei, ei, ei! O seu segredo, de grave, não tem nada, filha. Nem triste. O seu é a alegria de um desabrochar, é o amadurecer, é o renascer... o meu é só dor. Luto. O seu não destrói nada. Pelo contrário, o seu constrói um mundo cada vez mais promissor pra quem tá chegando por aqui – ela disse, tão linda. – Uma separação destrói família, planos, sonhos, passado...

– Passado não – corrigi minha progenitora. – O passado de vocês e de nós quatro, como família, é lindo, e ninguém toca no que a gente viveu até aqui.

Ela chorou, por mais que tentasse evitar. Eu a puxei para um abraço.

– Ô, mãe...

Foi a minha vez de abraçá-la bem forte. Bem, bem forte.

– Não tem volta?

Ela fez decididamente que não com a cabeça, triste, arrasada mesmo.

Então nos abraçamos mais forte ainda. Papai chegou com Belinha e os dois abraçaram a gente por trás. E eu chorei mais. Provavelmente, aquele seria o último Réveillon com os dois na mesma festa, no mesmo abraço. Bem triste.

E assim, mais uma vez, eu me mantive no armário. Pelo menos agora minha mãe sabia. Só acho que ela estava triste demais para processar a novidade. Eu estava aliviada, mas nem tanto, porque também fui invadida pela tristeza do fim do casamento dos meus pais. Eu e Belinha seríamos em breve filhas de pais separados. Eu era o retrato da tristeza e da inquietação. Na véspera do Ano-Novo. Que bosta.

Meus pais seriam amigos, como a tia Naná e o Pavél? Ou inimigos, como muitos por aí? Queria tanto que eles fossem amigos... Apesar de nunca ter namorado, entendo bem o que a mamãe falou. Às vezes tem que se separar mesmo. As pessoas merecem ser felizes.

Fiquei pensando em como seria dali em diante. Como eu contaria meu segredo. Para quem eu contaria. Em que momento eu contaria? Só depois que o assunto separação dos meus pais saísse de foco? Eu teria mesmo que contar para todo mundo? Eu teria mesmo que contar? Por quê? Minha cabeça parecia que ia explodir. Visceralmente.

Lembrei de uma vez, um ano atrás mais ou menos, quando um ator famoso – bem gato e conhecido do grande público como galã – se assumiu gay nas redes para seus milhões de seguidores. No seu depoimento a um jornalista, ele falou do medo que sentia de perder trabalhos por conta de sua orientação sexual. Morri de pena. Achei de uma crueldade sem par.

Vários gays e lésbicas e bis e trans aplaudiram a atitude e se manifestaram nos comentários dizendo que falar é, sim, necessário, para normalizar o que ainda não é considerado natural.

Pela primeira vez, eu estava questionando minha ideia de contar para todo mundo ao mesmo tempo. Eu realmente precisava abrir para geral? Ou será que o universo não queria mesmo que eu contasse para ninguém, pelo menos por enquanto? Na Páscoa, talvez... *Para de pensar só em feriados, Natali!*, briguei comigo mesma, uma constante na minha vida.

Não precisava ser nenhuma data especial, isso foi só uma armadilha que eu criei para tornar tudo mais difícil e... adiável. Falando em adiável, não parei um segundo de pensar na Mel do outro lado do oceano... A distância e a saudade me deram força para concluir que eu não queria adiar nem um minuto a minha conversa com ela quando ela voltasse para o Brasil. Eu precisava abrir o jogo com ela.

Naquele momento estava tudo bem estranho dentro de mim, mil pensamentos ao mesmo tempo, mil tristezas. Pelo menos agora minha mãe e minha melhor amiga sabiam, e era nessa sensação de conforto, de segredo dividido com dois amores, que eu tinha que me agarrar.

Desde a trágica noite do Réveillon, mamãe vinha puxando assunto, querendo se aproximar. Eu disse que ela não precisava se violentar. Se fosse natural fazer perguntas, querer saber, eu seria toda ouvidos. Ela se mostrou uma parceiraça – superempática em relação à minha situação, preocupada, amorosa, mãezona mesmo – enquanto lidava com a difícil tarefa de cortar sua vida da do meu pai. Fomos cúmplices com nossas dores, tão diferentes, mas ainda dores.

Contei da Mel para minha mãe e notei que ela ficou com os olhos cheios d'água. Falei do quanto eu tinha certeza do meu sentimento por ela, do quanto eu lutei contra ele por não achar certo, do quanto me fazia um bem enorme o simples fato de estar perto dela ou só olhar para ela.

– O nome disso é amor, Nat – ela falou, estendendo o braço para mim.

Dividi com minha mãe a dúvida sobre me declarar ou não para a Mel, ou se levaria esse segredo comigo para o caixão.

– Que exagero, Natali! – bronqueou minha mãe, rindo.

— Exagero? Mãe! Já não vai ser fácil sair do armário pra Mel. Se eu conto depois que gosto dela, sei lá o que pode acontecer! Ela pode ficar impactada demais e... sumir. Desaparecer. Ou só... só se distanciar mesmo — expliquei, triste.

O medo de perder a Mel de vista me apavorava. Não saber o que aconteceria nessa conversa era aterrorizante. Custava a gente vir ao mundo com uma bola de cristal para prever o futuro em apenas algumas situações? Duas ou três ao longo da vida, e só. Custava? Ia ser tão bom ir para a conversa sabendo exatamente como ela reagiria ao saber meu segredo... tão bom...

— Conta pra ela, filha. Tô entendendo seus medos, tudo bem sentir isso. Mas sinceramente? Na minha opinião todo mundo tem o direito de saber que é amado.

Fiquei pensando naquela frase e no quanto a tia Naná tinha razão quanto às causas que defendemos às vezes sem pensar. Postamos #avidaéhoje, mas não praticamos.

Era urgente contar para Mel. Por mil motivos. Por ela ser importante para mim, por ela ser uma das minhas melhores amigas, por ela sempre estar ali quando eu precisei, pela nossa história, pela nossa cumplicidade. Cheguei a cogitar contar por chamada de vídeo, mas me deu muita vergonha, muito medo de a tela congelar. Ou de ela fingir que congelou para não ter que reagir à minha declaração de amor. Aaaaaaaaaaah!

— Aguenta, filha! — mamãe se divertia. Parecia estar vivendo minha felicidade como se fosse dela.

Eu e a Mel nos falávamos mil vezes por dia. Tínhamos um grupo, eu, ela e a Pipa, chamado Só As Lindas. Bem modestas, bem modesti-

NATALI E SUA VONTADE IDIOTA DE AGRADAR TODO MUNDO

nhas. Quando chegava mensagem dela eu esquentava e gelava toda ao mesmo tempo. Era gostoso e tenso e maravilhoso demais.

MEL
Chego amanhã à noite. 💪🍺

NAT
Obaaaa! 🤍🤍🤍

PIPA
Vou ver se minha mãe faz um churras pra gente! 😊

MEL
Feshow! 🕺

Fui para o quarto e comecei a dedilhar as cordas do meu ukulele e inventar umas rimas apaixonadas.

Ela era linda e aí do nada
tirou meu chão, me fez de casa
Mal sabe ela que é tão amada
E deixa o meu peito todo em brasa

Tá uma bosta, concluí antes de cair no sono com o ukulele no colo.

E num belo dia, como num passe de mágica, a Mel voltou.

CAPÍTULO 8

Não fazia o menor sentido eu não ficar sozinha com a Mel assim que ela chegasse. Marcamos um almoço do nosso trio na casa da Pipa e, como ela estaria vindo da casa do pai, pedi que se atrasasse, para que eu pudesse conversar com meu amor sem ninguém por perto.

Levei umas florezinhas que fui pegando pelo caminho nos canteiros dos vizinhos. Foi quando eu descobri que sou romântica. Que vergonha! Sempre zoei os românticos e toda aquela coisa melosa inerente a eles.

Fui para sala esperar a Mel chegar. Enquanto eu lia pela sétima vez *Uma mulher no escuro*, do Raphael Montes (amo tudo que ele escreve), dona Manoca trouxe um suco delícia de maracujá – o que foi ótimo, porque dizem que maracujá acalma, e eu estava uma pilha de nervos.

Mel não demorou a chegar. Em oito minutos tocou a campainha. Sim, eu estava literalmente contando os minutos para vê-la. Veio correndo na minha direção com o sorriso mais feliz e agradecido ao ver as flores. E a gente se jogou uma em cima da outra e ficou horas se abraçando. Ela também estava morta de saudades. E isso foi muito, muito bom de sentir. Muito bom de constatar. Meu coração batia tão rápido, tão rápido, que parecia querer pular pra fora do peito.

– Toma. Trouxe pra você. Feliz aniversário e... feliz Natal – disse ela, ao me entregar um Toblerone gigante. – Comprei no Free Shop.

– Oba. Eu amo! – agradeci com um abraço, e uma nova quentura tomou conta do meu corpo.

Eu tenho certeza de que todas as minhas células estavam vibrando. Meu corpo quase formigava. *Que loucura esse negócio chamado paixão,* constatei.

– Cadê a Pipa? – Mel perguntou.

– Engarrafada, vindo da casa do tio Pavél – menti.

Muito estranho, mas o mundo em volta ficava mais nítido quando eu estava com ela. Era como se sem ela eu visse a vida como um míope sem os óculos.

– Você tá linda – falamos juntas.

Aí já sabe, né? A coincidência gerou aquele show de "ownnn", "aaaaah", "rown, rown, rownnn" que eu só fazia com a Mel. Eu amava o jeito dela. Qualquer coisa que ela dizia ficava bonito na sua boca. Se ela dissesse a palavra peido seria a coisa mais linda do mundo, posso garantir. Se falasse peido podre então, seria espetacular, seria épic... Tá, parei.

– E aí, como foi a viagem? – perguntei, pra puxar conversa.

– Maravilhosa. Eu amo esquiar. Viajo com meus pais pra esquiar desde que eu tenho 4 anos. O esqui é quase a continuação das minhas pernas.

— Eu acho que eu morro se subo num par de esquis.

— Você é da areia, Nat, eu sou da neve.

— Os opostos se atraem – falei sem pensar.

Tentei disfarçar meu susto com a minha própria bomba, digo, frase.

— Por isso somos tão amigas – reagiu.

Eu não tinha o direito de ficar chateada, eu não podia sonhar... Mel era hétero, e, intimamente, eu sabia disso. Ou tinha 99% de certeza. Mas independentemente de qualquer coisa, eu precisava contar meu já não tão segredo para ela.

— E seus pais? Como tá sendo lidar com a separação deles?

— Uma bosta, Mel.

— Eu imagino – disse ela, fazendo um carinho solidário no meu antebraço.

— Mas quando penso que tá difícil pra mim e pra Belinha, eu me ponho no lugar da minha mãe e imagino a dor dela.

Ela me puxou para um abraço. O coração da Mel valia por mil. Ficamos um tempo abraçadas, a sensação era tão boa quanto a de entrar numa banheira morninha.

— O bom é que eles estão bem, pelo menos na nossa frente. E por mais que eles brigassem, eu nunca achei que era caso de separação, sabe? É muito estranho não ver meu pai de pijama todas as noites. Muito estranho saber que agora só vou ter beijo de boa-noite de um deles.

— Amor... conta comigo pra tudo, tá? Pra chorar, pra berrar, pra te tirar da tristeza.

NATALI E SUA VONTADE IDIOTA DE AGRADAR TODO MUNDO

Como ela era FOFAAAA!

– Amiga... te amo. Pode deixar, eu sei que tenho pra onde correr quando o bicho pegar.

Ela sorriu para mim. E que sorriso. Seu cabelo estava amarrado num pano colorido, todo pra cima, deixando seu rosto lindo ainda mais em evidência. Eu amava quando ela prendia o cabelo daquele jeito.

– Que foi? Tá olhando muito pra minha cabeça, tá feio o meu cabelo?

– Oi? Eu AMO seu cabelo assim. Amo de qualquer jeito, mas assim pra cima... Nossa... Parece uma princesa.

– Ah, amiga, que bom. Durante muito tempo eu não gostava do meu cabelo do jeito que ele é. Nunca vou esquecer a força de você e da Pipa na minha transição capilar. Nunca. Hoje eu amo meu cabelo e morro de orgulho dele.

– Assim é que se fala! – comemorei, orgulhosa dela.

Ficamos um tempinho só com aquele risinho bobo de quem não tem o que falar, sabe? Até que tomei coragem.

– Eu tenho uma coisa pra te contar! – falei, ao exato mesmo tempo que ela. Sim, mais uma coincidência.

Rimos, agora um tanto desconfortáveis, mesmo que veladamente. Logo eu me manifestei:

– Conta.

– Não. Fala você, Nat.

Impossível. *Eu sempre vou querer saber de você antes de falar de mim*, eu adoraria ter dito.

– *No way*, Mel. Manda.

— Tá — concordou sem graça, vermelhinha.

Diz que me ama, mas não como amiga, nunca te pedi nada.

— Eu... eu... eu tô apaixonada, Nat...

Meu coração parecia a hélice de um helicóptero. O tempo nunca demorou tanto para passar.

Eu queria falar que eu também, que eu também! Era por mim ou eu estava sonhando?

— Por um francês que eu conheci lá na estação de esqui.

Claro que eu estava sonhando.

De onde eu tirei a ideia de que a paixão da Mel era por mim? De onde? Ela estava apaixonada por um europeu idiota. Claro. Por qualquer ser respirante que não fosse eu. Um cabeça mole. Nossa, cabeça mole? De onde eu tirei isso? De algum livro da década de 1980 da estante da minha mãe, certamente.

— Você não vai falar nada? — ela perguntou.

Não era esse o combinado, poxa! Acho que nem uma bola de cristal poderia prever o futuro tenebroso que estava se formando na minha vida bem naquele momento.

— Eu? Uau. Uau.

Ela se espantou.

— Só, Nat?!

— Como só?

— Você não quer saber dele?

Não! Claro que não!

— Claro que quero! Imagina!

— O nome dele é Alain e ele tem 17 anos, faz 18 mês que vem.

NATALI E SUA VONTADE IDIOTA DE AGRADAR TODO MUNDO

– Hmmm...

– Hm? Sério? Que é que tá rolando, Natali?

– N-nada. Desculpa. Longe, né?

Eu realmente falei isso. Longe.

– Longe? Como assim? Não tô entendend...

– Ah... relacionamento a distância, né? Difícil. Não sei se eu conseguiria.

Mel baixou a cabeça. Tadinha. Eu estava jogando um balde de água fria nela, sendo zero amiga da minha amiga apaixonada por um francês cabeça mole. Mel queria me contar detalhes do conto de fadas Frozen dela, evidentemente. E estava desolada com a minha reação, com toda a razão. Que tipo de BFF era eu? Imediatamente fiz de tudo para esquecer que era louca por ela e agi como uma boa amiga deve agir em momentos como este.

– Esquece o que eu falei. Só não quero que você sofra...

Ainda de cabeça baixa, quase chorando, ela reagiu.

– Eu sei...

– Mas ei! Ei! Nada de tristeza. Você tá apaixonada e eu quero saber tudo. É o presente que importa.

E o sorriso dela iluminou a casa inteira. E esmagou meu coração de um jeito muito avassalador. Eu estava doida para cair em prantos e chorar a minha dor, mas em vez disso...

– Conta. Como você conheceu ele?

E assim, do nada, fui obrigada a manter o meu segredo no armário mais um pouco e fingir interesse por um cabeça mole (ou *cabeçá molê*, já que o idiota é da França) que eu queria quebrar o nariz com uma bolada bem dada. Eu o odiava tanto que arrancaria a minha cabeça do pescoço só para atirar com toda a força na direção da cara amassada dele.

Enquanto Mel contava, entusiasmadíssima, o que ela e o cabeça mole fizeram e o que não fizeram, eu queria fugir dali. Como é que ninguém diz pra gente como dói uma dor de amor? Naquele momento eu sentia uma dor física. Física! E não tinha analgésico capaz de curá-la.

O tal do Alain até parecia gente boa, mas pô. Eu precisava ouvir aquela descrição minuciosa de cada passeio, cada hambúrguer, cada beijo trocado? Não aguentei e acabei perguntando:

– Vocês... vocês transaram?

Ele fez uma pausa dramática antes de responder timidamente, os olhos brilhando:

– Arrã.

Tentei disfarçar minha surpresa. A Mel era virgem. Virgem. Isso quer dizer que... o *cabeçá molê* foi o primeiro cara dela! Ou seja, o francês tomou outra dimensão, o encontro dos dois era superimportante, não era qualquer pegação de férias! Que bosta! Que bosta.

Diante do meu silêncio, ela prosseguiu.

– Mas só rolou no último dia. Nos outros a gente ficou... só... brincando, sabe?

– S-sei – falei, devastada. – E... f-foi bom?

Como eu não queria ouvir a resposta, eu só tenho que agradecer ao timing perfeito da Pipa, que adentrou a casa com a alegria contagiante tão característica dela.

— E aííííí? — Pipa perguntou, com olhinhos animados saltitantes na nossa direção, piscando feito louca. — Quero saber tudo!

— Da viagem?

— Não! Quer dizer, quero também, óbvio, mas tô falando da Nat!

— Pipa! — gritei.

— Que a Nat... — ela continuou.

— Eu ainda não tive tempo de contar a novidade pra Mel, Pipa! — cortei, suando frio.

— É mesmo, você tava pra falar e eu te atropelei, Nat. Péssima. *Vamo* voltar pra isso, deixa só eu agarrar essa gostosa aqui! — disse Mel, levantando-se para abraçar Pipa, que já estava de braços abertos.

— Aaaaaah! Que saudade!!! — disseram as duas.

Sentamos no sofazão do jardim da Pipa e tomamos a limonada suíça da Dona Manoca, que é de beber rezando. Ela bate com gelo, acho que esse é o segredo.

Falamos amenidades. Pipa contou dos golfinhos, que foi uma experiência foda, mágica, única e tralalá, disse que não pegou ninguém, mas trocou telefone com um cara de Salzburg e que, sendo assim, já tinha onde ficar quando fosse para a Áustria, que a Naná não nadou porque tem medo de peixes, embora mate barata descalça, e por aí foi. Rimos muito. As duas mostraram fotos de suas respectivas viagens, paisagens lindas e tão diferentes entre si. O mundo é uma coisa muito maravilhosa mesmo. O papo estava ótimo até que Mel resolveu perguntar qual era a novidade que eu queria contar antes de a Pipa chegar.

— Ah, não é nada importante — disfarcei, queimando por dentro.

— Oi? Esquece, Mel, é superimportante — disse Pipa. — Eu tô indo no banheiro. Acho que é dor de barriga... vou demorar, mas volto.

Nossa, que discreta, pensei, querendo MATAR a Pipa.

– Conta – pediu Mel.

– Eu... É... Eu e a... família! Isso! Acredita que a minha família fez as pazes e se ama novamente? Se ama num grau que a partir de agora eu vou passar todos os feriados e datas especiais com eles. Foi um pacto que a gente fez... – Contei a novidade. – lei! – fingi empolgação, deixando na cara o quanto eu sou péssima fingidora.

Que novidade patética de contar para uma amiga, né não? Até porque eu estava num momento de querer cada vez mais passar feriados *longe* da minha família. Mas eles, desde o Natal, estavam cada vez mais de grude. Que coisa estranha essa instituição chamada família.

Mel fez uma cara que eu não sei nem descrever.

– O-olha só... – falou, coitadinha, sem conseguir pensar em nada melhor.

– Não é demais? – Eu queria cavar um buraco ali mesmo no jardim e ir comendo terra até chegar na China, com a barriga cheia de vermes.

Ficamos lá em silêncio, um silêncio interminável. O celular da Mel tocou, graças a Deus. Não. Retiro o "graças a Deus". Era ele, o francês. O *cabeçá molê*. O *idiotê*. O *palhaçõ*. Por vídeo. Antes de se afastar para falar com ele em privacidade, Mel nos apresentou, com direito a tchauzinho e sorrisos cordiais. Fiquei ali um tempão sozinha, chorando por dentro ao ver a Mel se derreter de longe pelo garoto, até a Pipa aparecer.

– Caganeira? – perguntei.

Ela revirou os olhos e foi logo ao que lhe interessava:

– E aí? Falou?

NATALI E SUA VONTADE IDIOTA DE AGRADAR TODO MUNDO

– Claro que não! Eu não vou falar.

– Por quê?

– Porque ela tá apaixonada!

– E daí?

– E daí? Como e daí, Pipa? – repeti, indignada.

– Daí que amor a distância não dura.

Eu queria muito acreditar naquilo, mas...

– Ela transou com ele.

– E daí?

Eu queria matar aquela versão *coach* de relacionamentos da Pipa.

– Nat, vai por mim. Eu entendo de relações amorosas.

– Você nunca namorou.

– Mas vejo séries de amorzinho, leio livros românticos. Me respeita!

– Não respeito, não.

– Tá bom – ela disse calmamente. – Eu falo então.

– Você não ousaria, Maria Cristina.

– Não mesmo – ela fez, resignada. – Até porque morro de medo quando você ou qualquer pessoa me chama de Maria Cristina. Quem é essa, gente?

Mel estava do outro lado do jardim ainda, dando risinhos bobos e praticando seu francês impecável com Alain. E a Pipa firme e forte no papel de me azucrinar.

– Sério que você não vai falar? Dane-se o francês. Não é sobre ele. É sobre você, sobre contar pra uma das suas melhores amigas que você é gay.

Precisei tomar um ar com vontade para explicar para Pipa o funcionamento do meu cérebro naquele minuto, em absoluto descompasso com meu coração.

– Quando ela falou que estava apaixonada eu pensei que era por mim, Pipa. Por mim! Pra você ter noção de como eu sou otária, de como eu sou uma anta... – confidenciei a Pipa, que me deu a mão. – Isso me desestabilizou totalmente. Totalmente.

– Ah, amiga... desculpa... eu não sabia.

– Como é que você ia saber? – perguntei. – Tá doendo tanto... Não quero falar agora não.

– Poxa. Você tava tão animada pra contar.

– Tava muito. Ensaiei mil vezes.

– Então... Foi esse francês que mudou sua cabeça? Você só ia contar uma coisa muito importante para uma amiga muito importante. Você não ia se declarar pra ela. Ou ia?

– Shhhh! Fala baixo!

– Ela tá lá longe. Anda. Me fala. Ia ou não ia falar que é a fim dela?

– N-não. Não sei. Dependeria da reação, sei lá.

– Então tira um band-aid de cada vez. Fala pra ela que é gay e vê o que acontece.

Respirei fundo ao ouvir a Pipa me aconselhando. E cheguei a uma conclusão:

– Você tá certa! Eu vou contar que sou gay, de hoje não passa.

E num timing preciso, Mel desligou a chamada com o *cabeça molé* e voltou para juntar-se a nós, o desfiado do short balançando com o vento, aquelas pernas bem torneadas, uma beleza sem igual. Era chegada a hora de contar tudo.

CAPÍTULO 9

Então eu respirei bem fundo antes de começar, tímida. Quando pensei que um dia na vida ficaria tímida para falar alguma coisa para a Mel?

— Bom, a novidade que eu te contei não era a novidade que eu queria te contar.

Ela apertou os olhinhos e franziu a testa.

— Na verdade, não é exatamente uma novidade, porque... porque eu sei há muito tempo.

— Nossa... fala. Tô curiosa.

Eu estava toda quente. Eu... Eu não queria hesitar, não queria mesmo.

— Eu só acho que pode não ser uma surpresa pra você, ou talvez seja porque...

— Fala, Natali! – pediu Mel.

— Eu preciso te contar porque é uma coisa muito importante pra mim e... e você é muito importante pra mim.

— Tá, fala...

Ela estava muito curiosa.

Então falei sem gaguejar.

– Eu sou gay, Mel.

E ela não pensou nem um segundo para responder:

– Gay?

– Gay.

Uma breve pausa. Brevíssima pausa.

– Para.

Para.

Para?

Como "para"?!

"Para" não era exatamente o que eu estava esperando.

E não era qualquer "para", era um "para" com cara de enfeite de banheiro, de flor de plástico, de balde com a alça quebrada. Sem emoção nenhuma. Taí. Eu não conseguia *decifrar* as emoções da Mel naquele momento.

– "Para" o quê? – indaguei, curiosa.

– É! Para o quê? Tá zoando, né, Mel? – Pipa se intrometeu.

– Não! Claro que não. Por que eu zoaria?

Mel se afastou com as mãos na cintura para andar um pouco, como se estivesse refletindo sobre o que tinha acabado de ouvir.

– Por quê, Natali? – perguntou, seca.

– Por que o quê? – Pipa rebateu no mesmo instante.

Que estranha a reação da Mel...

– Por que você gosta de garotas? O que te faz gostar de garotas?

Ela tinha uma tensão na voz que me deixou quase assustada. Eu não sabia se ela estava com raiva de mim ou só muito, muito surpresa. Ou completamente em choque. Eu não sabia nem o que dizer, até porque eu... eu não sabia mesmo. Acabei respondendo com uma pergunta.

– Não sei. O que te faz gostar de garotos?

Ela também não soube responder. Alguém sabe? Mel ficou olhando fixamente nos meus olhos. Pipa e eu não conseguíamos disfarçar nossa decepção. Ela estava nitidamente incomodada, chateada. Contrariada seria a palavra mais apropriada.

– Desculpa, não sei o que dizer – ela finalmente disse depois de um silêncio perturbador.

– Não precisa dizer nada – falei, prendendo o choro, frágil e vulnerável como jamais havia me sentindo até então, mas bancando a forte.

– Ah, que ótimo, brigada por me deixar não dizer nada, Natali – debochou Mel.

Seca, dura, irreconhecível.

Depois da ironia, desviou os olhos para o celular.

– Daqui a pouco tenho que ir, minha mãe pediu para eu ajudar no jantar hoje.

Eu e Pipa estávamos sem ação. Pipa instigou:

– Você não vai mesmo dizer nada, Mel?

– Pipa, calma. Gente! Calma! – Mel aumentou o tom de voz. – Eu não estava esperando essa notícia. Muito menos vindo da Nat! Nunca tive ninguém gay por perto, acho super de boa e tal, mas calma. É a Natali, cara. Não sei nem o que pensar direito.

– Não tem nada que pensar, tem só que acolher – aconselhou Pipa, a sábia.

– Deixa, Pipa. Tá suave – menti.

Suave era tudo o que não estava.

– Eu... eu... eu posso pensar? Eu preciso pens... Nada contr... Nada com voc... nada com... – ela disse enquanto sacudia a cabeça, meio como se quisesse colar os fios lá dentro para raciocinar melhor.

Pipa e eu estávamos boquiabertas.

– Mel, pensar em quê? É a Natali! A mesma Natali de sempre!!! A NOSSA Nat.

– Só que não, né, Pipa? – reagiu Mel, raivosa, de bate-pronto. – Desculpa. Desculpa, gente, eu tenho que ir, vou chamar meu Uber.

Enquanto ela se afastava para chamar o carro, eu tentava com afinco decifrar o enigma que era aquela reação tão despropositada, zero carinhosa, enquanto a Mel era a pura definição de carinho.

– Você entendeu alguma coisa? – perguntei para Pipa.

– Nada. Nada, nada. Muito triste ela reagir assim. Parece que não é a Mel que a gente conhece.

*Ou **acha** que conhece*, eu quis dizer. Mas não disse.

– Você sabe disso há quanto tempo, Natali? – ela voltou do outro canto do jardim questionando. O olhar dela tinha mudado completamente, ela parecia um robô de filme tosco de ficção científica.

Na verdade, eu me senti num desses inquéritos de filmes de tribunais. Seu tom era inquisitório, uma coisa horrorosa.

– Desde que você me conhece você sabe que é gay?

Baixei a cabeça, desolada, e fiz que sim.

Agora eu não tinha dúvidas. Mel estava com muita raiva.

NATALI E SUA VONTADE IDIOTA DE AGRADAR TODO MUNDO

*A verdade é que **você** me fez ter certeza de que eu gosto de garotas, Mel. Porque sua beleza e sua doçura me deixaram arrebatada assim que eu te conheci! Foi amor à primeira vista, sua idiota! Não me trata assim!*

– A gente trocou de roupa mil vezes juntas, a gente dormiu mil vezes no mesmo quarto. Na mesma cama, Natali... Aaaaaahhh!

– Por que você tá gritando? – perguntei, absolutamente chocada.

– Ei! – fez Pipa. – Não é porque ela é gay que muda alguma coisa na nossa amizade. Tá louca?

Aquela fala botou Mel para pensar. Ela parou um minuto. Sua cabeça estava bem perdida, numa galáxia longe dali, era visível.

– Gente, desculpa. Eu... eu não tenho o direito de gritar com você. Eu não sei nem porque gritei, desculp... eu realmente preciso pensar. Eu... eu não esperava, eu.... Tchau, gente. Não precisa me levar na porta, Pipa, eu sei o caminho.

Quando ela estava quase na porta, eu gritei, sem pensar.

– Mel!

Ela estancou já com a mão na maçaneta, e meu coração, disparado, falou por mim quando ela olhou para trás.

– Eu te amo.

Mel tentou sorrir com os olhos, mas não teve êxito. Abriu a porta e fechou sem olhar para trás. Não falou nada antes de bater a porta. E eu desabei de chorar no colo da Pipa.

CAPÍTULO 10

Que dias intensos eu estava vivendo. Não apenas vivendo, mas vivendo *devastada*, como se minhas tripas tivessem sido arrancadas de mim por um titanossauro com requinte de crueldade. Estar de férias naquele momento era péssimo, eu queria muito saber que encontraria a Mel diariamente, para conversar olho no olho. Cheguei em casa e peguei minha mãe chorando na cozinha.

– Ei... que foi? – perguntei, puxando-a para um abraço.

– É difícil... É muito difícil, filha... – minha mãe falou, agora aos prantos. – Mas vai passar. Tudo passa.

Ficamos abraçadinhas um bom tempo. Que triste coincidência. Estávamos sofrendo por amor ao mesmo tempo. Ela, o fim de um. Eu, o fim de um que sequer começou.

Contei do fiasco que foi com a Mel. A gente se conectou na dor, eu sabia exatamente o que minha mãe estava sentindo, sem nunca ter me casado, e ela sabia exatamente o que eu estava sentindo, sem nunca ter gostado de garotas. O amor é simples assim, forte assim. Não tem idade, gênero, cor. A gente só sente.

– A vida não é justa, filha.

NATALI E SUA VONTADE IDIOTA DE AGRADAR TODO MUNDO

— Que frase mais cruel, mãe! Para com isso. A vida pode ser justa às vezes sim. Sou otimista.

— Na sua idade eu também era – disse ela, os olhos fundos.

— Ei. Não fica assim. Me abraça mais, me abraça mais – pedi.

Eu nunca tinha sentido o que eu estava sentindo naquele momento. Decepção talvez seja uma das piores dores do mundo, e eu não estava preparada para ela. Era como se eu estivesse oca por dentro. Um imenso buraco de nada bem no meio de mim. E ainda ver minha mãe sofrendo... eu queria tanto tirar dela toda aquela dor. Mamãe não era de chorar e estava chorando com vontade, como eu nunca tinha visto.

O abraço pareceu dissipar um pouco da dor do amor romântico que destroçava ambas. Nosso amor uma pela outra, gigante, curava.

— Você ainda gosta do papai?

— Não, filha. Como homem não. E se eu não me separasse dele agora eu não teria chance sequer de ser amiga dele. Entende?

Demorei uns segundos para responder.

— A-acho que sim. E vocês vão ser amigos?

— Eu tenho certeza que sim, tá tudo caminhando pra isso.

Ela me deu um beijo na testa, pegou a tangerina que estava descascando e levou para dentro, com a cabeça baixa. Já eu, num ímpeto, peguei o celular e mandei uma mensagem pra Mel.

NATALI
Oi.

MEL
Digitando...

Digitou, digitou, digitou... Nada. Mel sequer conseguia *escrever* para mim! Mas eu conseguia escrever para ela.

NATALI
Eu só queria entender. Não acho justo você sumir depois de ouvir uma coisa tão séria de uma de suas melhores amigas.

Eu queria tanto ver a cara da Mel lendo minha mensagem. Pensei em apagar, mas não apaguei. Eu continuava eu. E ela precisava saber disso.

NATALI
Sou eu. Eu de sempre. A mesma Nat. Você não precisa ter medo.

NATALI
Por favor, não some.

Cheguei a escrever EU TE AMO, assim, em caixa-alta. Mas apaguei. Ela seguia digitando. Depois de um tempão, chegou a imagem de um emoji piscando o olho. Sem coração. Sem afeto. SEM NEM UMA FIGURINHA! E nós amávamos trocar figurinhas no WhatsApp! Quem era aquela pessoa? Talvez não fosse esta a pergunta. Talvez fosse

"Quem era eu?". *Olha o que eu fiz. Deixei mal a melhor pessoa que eu conheço. Eu fiz mal pra Mel. Para a linda Mel.*

O meu peito ardia, como se alguém com unhas gigantes tivesse arranhado com força toda a área do meu coração e o deixado em carne viva. Fui pra casa da Pipa tentar ficar melhor, ou continuar mal mesmo, mas com companhia.

Contei a ela que a coisa estava feia até no WhatsApp.

– Jura que você continua achando essa garota linda? Mesmo ela agindo da forma que tá agindo com você? – Pipa argumentou, furiosa. – A beleza está nas atitudes, Nat! E a dela não tem nada de bonita. Pra dizer o mínimo.

Uau. Nunca tinha visto a Pipa daquele jeito.

E quer saber? Ela estava certa. Mas parece que quando o coração dá as cartas a gente fica meio cego, é o que se lê por aí. Eu queria falar com a Mel olhando nos olhos dela, pegando na mão dela (se ela deixasse...). Era tudo o que eu queria. Eu só queria me explicar. Não que a situação precisasse de explicação, mas... Meu Deus, como eu estava confusa.

– Você quer a aprovação dela! Isso sim!

Pipa me jogou isso na cara sem o menor sinal de remorso. Jogou e, *vrau!*, eu que lidasse com aquilo. Mas aprovação de quê?

– Ver se ela *aprova* você gostar de garotas.

– Tá louca? Claro que não!

– Claro que sim! Para de mentir pra você. Você tá pau da vida, e com razão, pela garota que é seu primeiro amor reagir da forma mais tosca e errada a uma intimidade bonita como a que você confidenciou a ela.

Ah, meu Deus, eu amo a Pipaaaa!

– Você tá certíssima! – concordei, cheia de energia. – É exatamente assim que eu tô me sentindo! E a informação que eu dei é mesmo bonita! Muito bonita.

– Claro que é!!! Tem tanta coisa embutida na sua atitude, além de coragem. Diz tanto de você, do seu caráter, da sua índole...

– Ah, meu amor...

– Ela não te merece.

Hm...

– Quê? – perguntei, absolutamente descrente do que eu tinha acabado de ouvir.

– *Você ainda gosta dela?!* – perguntou Pipa, chocada. – Mesmo ela tendo sido a garota mais babaca do mundo com você?

– Não fala assim da Mel, Pipa! Não fala! – alterei meu tom de voz.

– Jura que você vai gritar comigo por causa dela?

– Desculpa! Mas não condena a garota, ela ficou confusa. Não esperava, ela tá no direito dela!

– No direito dela? Não tá mesmo!!! – Pipa aumentou o tom da voz. – Antes de tudo, ela é *sua amiga*! Amiga! Não tinha nada que dar aquele piti.

– Pipa! Pô! Não fala assim!

– Ei! Agora *eu que* não tô *te* reconhecendo!

– Eu amo a Mel, amor não é uma coisa que você tira do peito quando quer, diz pra ele ir embora e ele vai, sabe?

– Eu sei, mas jura que você não pensou nem um pouquinho no que a reação da Mel diz sobre ela?

NATALI E SUA VONTADE IDIOTA DE AGRADAR TODO MUNDO

Não. Eu não tinha pensado nem por um segundo sobre isso. Nem por um segundo. Mas a Pipa tinha muita razão em tudo o que estava falando. Tudo.

– Não, não pensei e não quero pensar! Você agora está me deixando mais confusa e insegura em vez de me ajudar no momento mais delicado da minha vida! Tá feliz?

– Oi?

– A Mel é um ser humano com defeitos como todo ser humano. Você tá sendo má e cruel com ela agindo assim, Pipa! E tá sendo bem cruel comigo também, se quer saber.

Pronto, a água tinha entornado de vez. E seguia fervendo.

– É sério isso, Natali?

– É isso mesmo que eu falei, você ouviu direitinho, Pipa!

Eu estava furiosa, dez tons acima do meu habitual.

– Eu não tô acreditando que além de cega a paixão te deixou burra! Ela não merece uma garota como você! Deixa de ser estúpida, Natali! Ela é hétero. E babaca.

Respirei fundo e falei, raivosa:

– Vai embora!

– Quê? – ela se indignou. E logo em seguida mandou a real: – Você que tá na minha casa, tá ligada, né?

– Então eu que vou! – falei cheia de raiva, batendo a porta do quarto menininha da Pipa. Seria cômico se não fosse trágico. – Eu só queria um colo! Um ombro. Não liçãozinha de moral, Pipa!

O que estava acontecendo comigo? Eu tinha acabado de brigar, pela primeira vez, com a minha melhor amiga! Melhor amiga da vida toda. Volto? *Mando mensagem? Ligo para pedir desculpas?,* eram muitas as indagações cutucando meu cérebro enquanto eu caminhava apressada para casa.

Quem é ela para se meter desse jeito na minha vida?

Ela era muita coisa. Ela era a Pipa. A minha Pipa.

CAPÍTULO 11

Quando dei por mim, dois dias tinham se passado, e eu percebi que tinha me tornado a personificação do muro das lamentações. Passando pelo momento mais difícil da minha vida, eu estava sem amigas e praticamente sem mãe (por motivo de sofrimento, não de falta de amor por mim, tadinha). Que maravilha viver.

Perguntei à mamãe o que ela achava de eu contar para o meu pai. Ela pediu para esperar. E eu tive vontade de sair gritando pela rua: *Eu sou gay! Eu sou gay!* Mas ao mesmo tempo em que eu pensava isso, eu me indagava: que necessidade era aquela que eu tinha de todo mundo saber? Nessas horas eu achava que não tinha nada que falar pra ninguém, a vida das pessoas só piorava quando passavam a saber de mim, afinal.

Mesmo sabendo da queda da Belinha por passar uma notícia adiante (vulgo fofoqueira), não aguentei e acabei me abrindo com a amiga de sangue que eu tinha dentro de casa. Não era a minha melhor amiga, mas eu amava incondicionalmente aquela garota, que agora estava com 13 anos e seguia conhecendo os mistérios da vida muito mais do que eu.

Não foi surpresa para mim a reação da Belinha – ela era uma das pessoas mais incríveis que eu conhecia. Tão madura e evoluída para sua pouca idade. Tão sensível e sensata, tão feminista e politizada. Sou fã. Vi seus olhos brilharem antes que ela se jogasse em cima de mim para um abraço. Fofa nível máximo, me garantiu que eu podia contar com ela para tudo e que se alguma pessoa, da família ou não, fosse minimamente preconceituosa comigo, ela iria quebrar os dentes dela. Foi muita ternura até o momento da pergunta que eu sabia que seria a primeira.

– Como é transar com uma menina? – ela obviamente quis saber.

– Eu sou virgem, Belinha. Inclusive também de boca.

E sem nem dar uma pausa para me poupar do petardo que vinha a seguir, ela falou naquele tom adolescente debochado que eu amo:

– Você é patética, Natali.

Não aguentei e rolei de rir antes de tacar o travesseiro na cara dela. Eu estava precisando dar umas risadas; que bom que contei pra minha irmã. Conversamos como grandes amigas. Belinha sempre foi ligada no assunto sexo. Desde pequena fazia perguntas que deixava meus pais roxos de vergonha em pleno café da manhã.

– Pai, mãe, sexo oral é o quê? Se faz pelo telefone, só falando? É isso?

E diante do silêncio constrangido dos nossos progenitores, ela insistia:

– Responde, gente!

Lembro de ver o suco de laranja voando da boca do meu pai naquele sábado ensolarado e aparentemente inocente. Que lembranças boas eu tenho da minha família reunida... Belinha sempre foi uma figura.

De mim, naquele momento, ela queria saber muitas coisas. Dentre elas, o quanto de Google eu dei para ter certeza de que sou gay mesmo. Ela própria disse já ter pesquisado com afinco todas as letras da sigla LGBTQIAP+ e ainda não sabe se é bi, pan ou hétero, mas acha que "bi é tudo, bi é vida". Até teste pra ver se ela era hétero ou não ela já tinha feito. Eu nunca sequer pensei em fazer um. Eu não precisava de quiz para ter certeza.

Mais uma onda de risos leves invadiu o quarto da minha boneca. Boneca que, de olhos curiosíssimos, perguntou, com cara de emoji de diabinho do WhatsApp:

— Você tem sonhos, assim, sexuais, com alguma atriz ou influenciadora?

Não. Só com a Mel.

Mas isso eu não contei. Certa vez sonhei que a Mel se declarava para mim e depois começava a me beijar, segurando minha nuca e depois deixando os dedos escorregarem levemente para o meu peito, onde carinhosamente ela me acariciava até eu ficar toda arrepiada, até o bico do meu peito. Acordei arrepiada, na real. Foi um sonho muito, muito vívido, daqueles que você tem certeza de que estão acontecendo de verdade e não quer acordar de jeito nenhum.

— Se eu fosse gay eu super pegaria a Zendaya, sabia? Você sonha com ela? Sonha, Nat?

Eu estava aliviada, mas algo estranho ainda pairava no ar. Eu devia estar me sentindo bem. Em paz. Quanto mais eu desabafava e contava para as pessoas, mais leve eu achava que eu podia ficar. Só que não era isso que estava acontecendo. Não sei explicar, eu me sentia responsável por todas as dores do mundo.

Minha irmã e minha mãe estavam de boa comigo, mas eu tinha magoado a Pipa. E tinha deixado a Mel sem ação. *Se bobear, meus pais se separaram por minha causa. Talvez minha mãe não queira que eu conte para o meu pai porque sabe que ele não entende, que é contra.* A verdade é que provavelmente eu tinha mesmo sido o motivo do divórcio. Meu pai desconfiou e não aceitou. Ou não era nada disso?

Aaaaaaaaaaaaaaaaaahhh!!!!

Como é difícil ser gay! E ninguém te conta isso! Conta só pela metade, quando conta. E não tem bula, não tem manual. Você nasce assim e... se vira! Do jeito que dá, faz do limão uma limonada, lida com seus conflitos do jeito que conseguir, você que lute. É assim e ponto. É tão mais fácil ser hétero...

Por mais que eu quisesse pedir desculpas para a Pipa, eu não conseguia fazê-lo. Talvez ela ficasse melhor longe de mim, sem drama ou choradeira por perto, pelo menos naquele período nebuloso. Claro que pensei no que ela disse. A Mel até agora não tinha dado sinal de vida, e nove dias já haviam se passado. Nove dias.

NATALI
Jura que você vai sumir desse jeito mesmo?

Escrevi e apaguei. Eu só queria entender por que a Mel ficou tão diferente comigo. Já não era para ter passado o efeito da surpresa?

NATALI E SUA VONTADE IDIOTA DE AGRADAR TODO MUNDO

Já não era para ela ter visto que tudo bem uma das melhores amigas dela ser gay?

A conversa com Belinha estava tão boa que acabei falando da minha briga com a Pipa e do meu crush pela Mel. Contei tudo, com direito a choradinha no colinho da minha irmã, tão querida. Ela disse a mesma coisa que a Pipa, para eu repensar o que sentia pela Mel.

— Você não pode deixar de ter amor próprio por causa dessa menina. Amiga que é amiga acolhe, abraça. Falando nisso, já passou da hora de ligar pra Pipa, não? – espetou.

— Acho que... Acho que não, Belinha.

— Por quê? Ela merece um pedido de desculpas. Você foi extremamente grosseira com ela! – estrilou. – E ela foi *muito* sua amiga. Muito.

— Ela é muito minha amiga... – constatei, extremamente envergonhada de mim e das minhas atitudes. – Eu magoei a Pipa, do nada. Talvez seja melhor ficar longe dela para ela não sofrer mais... Eu sou a pior pessoa, Belinha – desabei, chorando.

— Ei, não faz a louca. Tá falando da minha irmã, e ela é a *melhor* pessoa – disse ela, num raro rompante de fofura.

Nesse momento, mamãe bateu na porta do quarto. Abatida, ela sentou-se na cama e perguntou se podia falar com a gente rapidamente. Mudas e curiosas, fizemos que sim com a cabeça e ela disse, de uma tacada só:

— Seu pai está namorando.

— Quê? – Belinha se indignou.

— Já?! – perguntei.

Saiu sem querer.

– Já – respondeu ela, abatida de dar dó. – E eu só quero dizer que tudo bem, que eu torço muito para que vocês se deem bem com ela. O nome dela é Joy e ele vai apresentá-la pra vocês no fim de semana. Eu acho cedo, mas... enfim. Tenho que respeitar. Comportem-se, por favor. Não quero mais problemas.

Ela disse isso e baixou a cabeça. Parecia exausta. Exausta de sofrer.

– Ô, mãe... – disse Belinha. – Joy?

– Arrã – mamãe suspirou, prendendo o choro.

– Que nome bosta – completou minha irmã, tirando um sorriso da minha mãe. Ao me ver rindo, ela veio para o meu lado – Se bem que Natali com i no final é bem ruim também.

Rimos juntas as três antes de colarmos num abraço coletivo. Que bosta de férias. Que bosta. Férias é sinônimo de felicidade infinita e aquela ala da família Lobo estava no fundo do poço da mais acachapante tristeza. Adoro essa palavra, acachapante. Apesar de o significado ser uó, ela é boa de ser dita. Gosto do som do *aca* seguido do *cha*. Tenho uma queda por dígrafos. Acho que pelo som mesmo. Sou bem doida, né?

À noite a tia Bô foi lá em casa dar um apoio pra mamãe. Passando pela sala, ouvi as duas conversando.

– Jurei que a primeira a se separar ia ser a Sayô – disse minha tia.

– Todo mundo jurou. Acho que todo mundo tinha certeza que eu e o Artur, apesar das diferenças, éramos pra sempre.

– Ninguém tinha certeza disso não, mozão – falou Bô, debochada que só ela. – Papai nunca suportou o jeito que ele te tratava. Ela era um machistinha mimado, né, Sabrina?

NATALI E SUA VONTADE IDIOTA DE AGRADAR TODO MUNDO

Eita. Conversa pesada. Não era assunto para mim. Mas que bom que minha tia estava fazendo minha mãe pensar, refletir. É para isso que amigos e família existem.

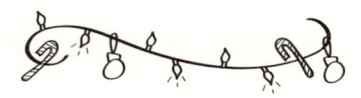

No dia seguinte, liguei para a Pipa para pedir perdão. Eu tinha ficado muito mal com a nossa briga e também com a minha postura diante do cuidado dela comigo. Não fazia sentido ficar sem a minha melhor amiga naquela hora. Até porque ela estava certíssima, e só não queria que eu sofresse (mais). Como eu, Pipa havia se decepcionado com a Mel, mas, diferentemente de mim, ela não tinha o filtro da paixão borrando tudo.

Falei que eu não queria cancelar a Mel só porque ela não tinha recebido bem a notícia. Lá no fundo, eu tinha certeza de que ela não era uma pessoa má.

— É ela com ela, é dentro dela. Vamos dar um tempo pra Mel — pedi a Pipa. — Se ela continuar sumida de mim e de você... Aí a gente vê o que faz. Mas você não pode ficar longe de mim. Por favor.

— Nunca! Mas foi você que surtou e saiu correndo. Eu só tava cuidando de você, sua cabeçona.

— Eu sei...

Pipa acatou. Era empática o bastante para entender o que eu estava passando. Acabou me chamando para jantar na casa dela. O menu? O estrogonofe perfeito da tia Naná. Aliás, contei tudo para ela também e não podia ter sido melhor. Quanto mais eu falava para gente minha, mais leve eu me sentia.

Não estou dizendo que minha vida estava virando um mar de rosas, claro que eu tinha meus momentos de bad vibes, mas contar para as pessoas que valiam a pena vinha sendo terapêutico, como definiu o Renato numa sessão.

Tivemos uma noite ótima na casa da Pipa, conversamos bastante, nos abraçamos. E eu fui embora feliz, grata por uma pérola de amizade, uma amizade única, rara, madura, que não há dinheiro que cubra o valor.

Quando caminhava de volta para casa pelas ruas calmas do meu condomínio, sorrindo com a alma e em paz depois de muitos dias angustiada, meu celular tremeu. E me fez tremer também.

MEL
Quero t ver. Só eu e vc, s a Pipa. Consegue vir aki em casa amanhã?

Eu suava tanto que parecia que eu tinha corrido uma maratona. Meu peito estava quente e eu não me lembrava de ter ficado tão nervosa na vida. Mandei mensagem pra Pipa.

MEL
N fl p Pipa. Pfvr

Ô-ou...
Apaguei a mensagem para a Pipa.
Mas era tarde demais.

PIPA
P q vc apagou????

Eu não sabia o que dizer. E eu nunca *não soube* o que dizer para a Pipa. O que estava acontecendo comigo? Ela tinha todo o direito de saber por que eu havia apagado uma mensagem. Ou não?

PIPA
EU LI!!!

Ah, meu Deus, só piorava!
O telefone tocou. Pipa.
Não atendi. É, eu não consegui atender! Estou falando, eu estava muito esquisita naqueles dias. Logo chegou uma mensagem.

PIPA
Você não vai encontrar com ela, né? Você NÃO PODE ir! Ela que tem que ir até você. Um abuso ela te pedir isso! Eu tô chocada!

Ela estava certa, certíssima.

PIPA
Fala comigo, Nat!

Eu não conseguia responder. Eu mal conseguia respirar, para falar a verdade.

PIPA
Não se rebaixa!

Rebaixar? Não é muito forte essa palavra? Depende do ponto de vista. Ela que se rebaixou pedindo para falar comigo. Sei que ela responderia que a Mel está no papel dela de amiga que cagou tudo, nada a ver com se rebaixar, estava só fazendo o que devia fazer. Eu sei, Pipa, eu sei...

PIPA
Ela tem que te pedir desculpas antes! Ela pediu?

Não. Ainda... Eu estava sendo muito idiota? Inocente?

PIPA
Ela não te merece!

PIPA
Você não pode ir! Não vai! FALA COMIGO!

Num impulso eu cliquei no nome dela e bloqueei a Pipa.
Eu bloqueei a Pipa.
Meu Deus, eu bloqueei a Pipa! Foi mais forte que eu!
Que aflição!
Era mesmo um abuso a Mel me pedir para ir até a casa dela? Por quê? Pelo menos ela queria conversar, e isso já era ótimo. Não? Eu já ia

desbloquear a Pipa, mas precisava de um tempo só comigo. Assim que eu tirei minha BFF do castigo, ela ligou en-fu-re-ci-da do celular da tia Naná, soltando fogo pelas ventas, como diz minha mãe.

– Como é que você teve coragem de me bloquear, Natali? Você tá falando sério que você fez isso?! A gente *acabou* de fazer as pazes! Tá puxado continuar sua amiga, mano.

Eu sei, Pipinha. Pior que eu sei..., eu gostaria de ter dito.

Não era só fúria, decepção... ela estava magoada comigo. A mágoa estava na respiração dela, nas pausas, no silêncio.

– Isso é falta de lealdade, Natali! Cadê o "ninguém solta a mão de ninguém"?

Cadê? Eu sou um monstro...

– D-desculpa... eu... eu... – falei, desabando no choro. – Eu não queria ter te bloqueado.

– Então não bloqueasse. É simples, juro! – reagiu, ainda com raiva.

– Eu não queria estar agindo dessa forma, Pipa. Eu não queria!

– Então não age! – ela disse, agora em outro tom, tom de fada sensata. – Não me bloqueia! Ela tá há quatro anos na sua vida, eu tô há dezessete! Dezessete! Acho que eu merecia um pouco mais de respeito. De verdade. Pela nossa história, sabe? A Mel é seu crush. Eu sou sua irmã.

Uau. Nossa Senhora das Amizades Abaladas, protegei-nos. Protegei a Pipa de mim e desse meu lado fraco e covarde com o qual eu não tinha a menor intimidade.

Ela estava devastada, aos prantos.

– Eu amo tanto a Mel... – desabafei. – Tanto, tanto...

Um silêncio desconcertante se seguiu a minha fala. Foi tão grande que achei que a ligação tinha caído.

– Pipa? – tentei.

Ouvi sua respiração entremeada por soluços chorosos.

– Faz o que você quiser, Natali, mas não me procura mais, tá? Agora deu! – gritou antes de desligar na minha fuça.

Eu mereci.

Fiquei um tempo olhando para o celular, pensando nas coisas que a Pipa tinha dito, e respirei fundo antes de começar a digitar.

NATALI
Vou. Q hrs, Mel?

CAPÍTULO 12

Marcamos às três da tarde. Mel morava na praia, então peguei minha bike e fui. Pedalei bem rápido até o Ocean Front, um condomínio de edifícios, ao contrário do meu, que só tinha casas. Atravessei a avenida Lúcio Costa com o coração na mão e anunciei ao porteiro que eu estava lá embaixo. Mel liberou minha entrada e eu subi.

Naquele dia, a mãe dela tinha ido a uma reunião e o pai estava em São Paulo. Estávamos sozinhas num apartamento gigante. Ela agradeceu laconicamente por eu ter ido até lá e eu me esforcei para sorrir ao menos com os olhos, sem dizer uma palavra. Foram alguns segundos angustiantes. Eu não tinha a menor ideia do que estava por vir: acolhimento, raiva, perguntas, soco, nariz sangrando. Mal conseguíamos nos olhar nos olhos. Estava tudo muito esquisito.

– Eu não sei por onde começar, Nat.

– Já começou, Mel – eu disse, tentando amenizar o clima.

– Eu... eu preciso te pedir desculpa.

– Desculpada – falei de bate-pronto.

Ela se surpreendeu com a minha rapidez. Eu não precisava ter sido tão rápida. Mas por que não ser? Ah... Eu queria dizer tanta coisa para ela. Mas ela é quem tinha algo a falar, não eu. Eu já tinha dito muita coisa, né não? Mel puxou bem fundo o ar antes de se manifestar.

– Eu não soube o que fazer com a notícia num primeiro momento.

Uau, que sincerona, pensei. Não tive como não indagar o porquê.

– Porque eu gosto muito de você, Nat. Eu jurei que te conhecia do avesso, que sabia tudo sobre você. Mas eu tava errada.

Senti no semblante da Mel sua decepção por eu não ter sido honesta com ela antes.

– A gente não conhece ninguém do avesso como acha que conhece, Mel. As pessoas, todas as pessoas, têm seus mistérios. Por mais bobos que eles sejam.

Mistério sempre há de pintar por aí, eu tive vontade de cantarolar Gil para ela. Por que eu não cantava? Do que eu tinha medo? Era a Mel!

– E eu... eu precisei me revirar do avesso para entender, para me entender, para me aceitar, para gostar de mim como eu sou, e não sendo um personagem que esperam que eu seja.

Ela meneou a cabeça, como se estivesse entendendo tudo.

– Não foi por não confiar em você que não contei. Eu não contei pra mim mesma. Mentira. Eu contava, mas depois desmentia.

E então meus olhos se encheram d'água, e a Mel pegou na minha mão com todo o carinho e delicadeza que o momento exigia. E, quando a pele dela encostou na minha, a conexão foi imediata. Quase deu choque.

Ficamos de mãos dadas um tempo. E mão com mão é uma coisa de uma intimidade tão grande, tão maior que um beijo, na minha opi-

NATALI E SUA VONTADE IDIOTA DE AGRADAR TODO MUNDO

nião... Beijo a gente dá em praticamente qualquer um, mas só damos as mãos a quem confiamos, a quem conforta a gente, a quem nos entende. A gente só dá a mão pra quem é casa. A Mel era isso: casa. E no conforto e no aconchego daquela casa, eu não pensei duas vezes.

— Eu gosto de você — falei de supetão. — N-não... não só como amiga...

O medo que bateu em mim chegou a me machucar, como se uma bola de frescobol tivesse atingido meu olho.

— Você acha que eu não sei? Acha que eu sou idiota?

Eu fiz de tudo para disfarçar minha surpresa com aquela afirmação.

— V-você... Você sabe?

— Claro que eu sei! Acho que eu sempre soube! E talvez por isso eu tenha ficado descontrolada daquele jeito, entende?

Fez todo o sentido. Ela desconfiava, claro! Conscientemente, inconscientemente — isso eu não sabia e talvez nunca ficasse sabendo (talvez nem ela mesmo soubesse) –, mas desconfiava. E como me via como amiga, como uma pessoa que abriria o jogo com ela a qualquer momento (como se fosse simples assim), deixou a desconfiança passar batido. Eu estava morta de vergonha, o rosto pe-lan-do. Eu não precisava me olhar no espelho para saber que minha cara estava toda vermelha.

— Sério que eu... sério que eu dou tanta bandeira? – perguntei, legitimamente curiosa.

Mel sorriu, serena, fechando os olhos. Eu amava quando ela fechava os olhos para rir. Tão linda e catita, como dizia minha avó.

— Você fica com a cara mais boba do mundo quando olha pra mim, Nat... Sempre ficou... – disse ela, sorrindo, baixando a guarda. – Só se eu fosse cega que eu não enxergaria.

Uau. Então conscientemente ela desconfiava. De repente ela só não queria ver.

— Talvez mesmo cega você enxergasse – eu rebati, romântica.

Eu tinha esperança? Tinha. Estava com medo? Muito. Mas resolvi seguir o meu coração naquele momento. Não é o que dizem? Pra seguir o coração? *Então não me decepcione, big heart.*

E ela sorriu mais. Agora com todos os seus dentes pequenininhos à mostra. O sorriso da Mel era assim, gigante e pequenino ao mesmo tempo. Eu juro que queria sorrir junto, mas ainda estava pisando em ovos, não tinha entendido se ela estava com pena de mim ou se ia me dizer que nada mudaria na nossa amizade. Ou qualquer outra coisa.

Bom... Daí em diante ninguém falou nada. N-a-d-a. Nada. Nem ela, nem eu. Ficamos em silêncio, só nós duas e nossas respirações, que falavam mais alto que qualquer palavra dita em voz alta. Eu queria tanto aquela garota... tanto...

E de repente... do nada, ela, mesmo parecendo assustada, voou pra cima de mim e me surpreendeu com um beijo. Um. Beijo. Na boca. A Mel mirou na minha boca e voou pra cima dela como uma flecha. Primeiro timidamente, depois com vontade.

Sem parar de me beijar, ela segurou meu cabelo, com carinho – e com tesão. É! Tesão. E eu nem tinha sentido isso antes, nunca tinha sentido tanta onda de felicidade ao mesmo tempo varrendo cada centímetro cúbico do meu corpo. E então eu segurei sua nuca e me entreguei com paixão ao momento. Que momento... Eu estava no céu, dançando nas nuvens, em êxtase total. E se eu estivesse sonhando, gostaria de nunca acordar.

Tudo o que eu mais queria que acontecesse havia quase cinco anos estava acontecendo. Eu estava beijando a Mel, a menina mais linda do mundo todo, de todas as galáxias, *por supuesto*. E estava sendo o melhor primeiro beijo de todos os primeiros beijos. Ela estava entregue, eu também. Ela queria muito, estava claro. Meu Deus, que coisa bem boa!, eu gritei por dentro. Nossas línguas em sintonia, nossos corpos na mesma vibração.

E quando nossas mãos já tocavam nossas respectivas peles e um quente avassalador subia pelo meu, digo, pelo nosso corpo, ela parou. Do nada, Mel parou. Ofegante, afastou-se parecendo confusa, desnorteada.

– Que foi? – perguntei, assustada com a interrupção repentina de afeto e fogo.

Com o semblante assustado de quem tinha acabado de ser apresentada ao Chucky ou ao Pennywise, de *It*, ela disse, sem hesitar:

– A gente não fez nada, tá?

Eu só ouvia o *tum-tum* do meu coração.

Tum-tum.

Tum-tum.

Tum-tum.

Ah... não! Você não falou isso, Mel...

Respirei com a dificuldade que respiram os corações partidos. Parecia que eu estava me afogando na água imaginária que meu cérebro tinha colocado sobre meu nariz e minha boca. Não consegui falar nada.

– Não conta pra ninguém? – ela pediu, apavorada. – Por favor?

A pergunta era como uma facada na altura do umbigo. E como doeu...

– Não conto. Pode deixar – prometi. – Mas o que foi... o que foi... isso?

– T-também não sei. Não sei o que me deu, eu tô superapaixonada pelo Alain.

Me levantei num impulso e, a passos duros, me dirigi rapidamente à porta.

– Onde você vai, Nat?

– Embora – respondi, sentindo uma vassoura quente passar mil vezes no mesmo lugar do meu peito. – Foi um erro vir aqui – completei, seca.

– Erro? Por quê? A gente é amiga, a gen...

– Amiga? Amiga? – repeti, indignada. – Eu não beijo amiga minha desse jeito não, Melissa! – explodi.

Foi a vez de ela respirar impactada.

– Calma, não foi isso que eu quis d-dizer, a gente, a gente tá confusa, a gen...

– A gente?! Fala por você, Melissa! Eu não tô *nada* confusa!

– Ah, não? Você jura que tem 100% de certe...

– *Cem por cento de certeza*! – respondi, aumentando o tom da voz. – Cem por cento. Demorei para dar essa resposta até para mim, quando eu me perguntava o mesmo. Mas, sim, Mel, eu sou 100% certa de quem sou eu. Ao contrário de você, pelo visto.

NATALI E SUA VONTADE IDIOTA DE AGRADAR TODO MUNDO

Bati a porta com força e fui voando pegar minha bike para voltar para casa. No caminho, com o vento contrário jogando as lágrimas para longe de mim, eu não conseguia parar de pensar na Pipa. Meu nome era remorso. Minha melhor amiga estava mais do que certa. E eu tinha brigado com ela por causa de uma garota mimada, autocentrada e que absolutamente não se importava com meus sentimentos.

Cheguei ao meu condomínio ofegante (da pedalada e da tristeza) e mandei mensagem para o Renato. Eu precisava me organizar.

NATALI
Eu estou me sentindo um lixo. ☹

CAPÍTULO 13

Fui para casa decidida a me abrir com a minha mãe e contar tudo que ela ainda não sabia (eu tinha poupado ela da treta com a Pipa – do real tamanho dela, eu digo), do abuso da Mel... Mas eu não podia seguir me achando a personificação de todas as sobras e restos encontrados nos lixões. Ao entrar no quarto, porém, dei de cara com a cara do desânimo, a definição de fundo do poço, o sofrimento aberto ali, exposto, em carne viva, sangrando. Minha mãe chorando era tudo isso. E não era por causa do meu pai. Era por tanta coisa...

Meu Deus... que saudade de ser filha que eu estava, saudade de colo de mãe... Egoísta, eu? Não sei... Na verdade, acho que aprendi a ser filha naqueles dias. Uma vez vi o Carpinejar falando isso, sobre o aprender a ser filho. A gente não nasce sabendo nada, na real.

E, de repente, a sua mãe desabafa com você e acha isso normal. NORMAL.

– Não tem um cara bacana pra mim, Nat. Um! Esse negócio de aplicativo não é pra mim – reclamou mamãe, chorosa, nitidamente sem querer dar detalhes da sua vida no Tinder, seu melhor amigo nos últimos tempos, eu sabia. Eu via.

NATALI E SUA VONTADE IDIOTA DE AGRADAR TODO MUNDO

Pelo ritmo da fala, mamãe parecia ter tomado umas taças de vinho a mais.

E logo entendi que era para concordar com ela, não importava o que exatamente ela estivesse falando. Eu precisava fechar com ela, com a minha mãe. *Minha mãe*. Com 17 anos, eu já conseguia reconhecer minha progenitora alteradinha de álcool.

Era evidente que desde o anúncio da separação ela estava tentando tapar seu vazio com álcool. Ah, estava mesmo! Não sou burra. Não estou dizendo que esse vazio era do meu pai. Era um vazio que era um baita de um vazio, um vazio que ela não tinha vivido, um vazio de não saber viver sem ter alguém, sem um companheiro sempre ali, mesmo que eles só se gostassem mais ou menos.

Estava cada vez mais triste ver minha mãe chorando. E cada vez mais frequente. Eu precisava me acostumar. Ia passar... mas, pelo visto, ia demorar. E eu não podia me dar ao direito de sofrer mais que ela. Não na frente dela. Eu precisava estar ali *para* ela. Cem por cento.

No dia seguinte eu estava no Renato, louca para vomitar as verdades que estavam apertando meu pescoço com força. Sentei na frente dele, mas, pela primeira vez, não consegui falar nada. Em vez de se transformar em palavras, minha indignação virou tristeza. E apesar de saber absolutamente tudo o que eu queria dizer para o meu terapeuta, eu não conseguia. Eu só chorava.

Renato me olhava com cara de pena. Eu tenho certeza absoluta de que ele estava com pena de mim. Nunca vou poder provar isso, mas que ele estava... estava.

– Você não ligou pra Pipa de novo? – perguntou.

Droga. Eu não queria falar disso naquela hora. Raivosa e sem saber o motivo de estar me sentindo assim (pelo menos conscientemente), respondi:

– *Ela* me bloqueou agora! Ela, tá? Então eu não tenho como falar que ela estava certíssima, não posso contar que a Mel é uma perdida que me beijou e depois ficou com vergonha de ter me beijado... Eu... eu... eu quero sumir, Renato... Me ajuda a sumir... por favor! – pedi, aos prantos.

A minha respiração estava ofegante. Flashes da cena do beijo com a Mel invadiam a minha memória quando bem entendiam, e isso não era nada bom. Nem a parte do beijo era boa de lembrar, quer saber? Nem a parte do beijo. A Mel... a Mel... a Mel... *como é que eu vou dizer algo que nem eu quero ouvir?*

– A Mel não é legal, Renato... – finalmente consegui verbalizar o que meu coração estava sentindo, lá no fundo, desde que ela sumiu da minha vida pela segunda vez.

– O que te faz dizer isso? – perguntou ele, com aquela cara de terapeuta que ele tinha.

– O que me faz dizer isso? – imitei os terapeutas, repetindo a pergunta que ele tinha feito. Era só para ganhar um tempo para pensar na resposta. – Por que ela não quer que eu conte para ninguém do beijo, Renato? Por que me falar que tá apaixonada pelo francês logo depois de me beijar daquele jeito? Por que ela tem vergonha de mim? Por que el...

– Já parou para pensar que a vergonha pode não ser de você? Pode ser dela?

– Pior ainda! Ela tem vergonha dela? Vergonha de quê?

Eu sabia exatamente como ele responderia aquela pergunta. Com outra pergunta. Um clássico *renatiano*.

– Refresca a minha memória. Por que é que você não conseguia contar o seu segredo pra sua família toda ao mesmo tempo? Mesmo quando você tinha tanta certeza que falaria e do que falaria? Por que você não falava mesmo?

Uau. Nunca tinha tomado uma flechada, mas eu agora sabia exatamente do que se tratava. Doía. Ou seja: eu precisava falar. Eu precisava me ouvir. Não foi só todo tipo de desastre natalino que me impediu de falar por todos esses anos. Tampouco a minha ridícula fixação com a "forma perfeita de contar", com a família toda reunida, pra falar de uma só vez para todos e blá-blá-blá. Até essa invenção de contar tudo no Natal era... era...

Força, Nat, força.

– Medo.

Um medo paralisante. Aterrorizante, completei em pensamento.

– Medo é o pai da vergonha – ensinou Renato. – Sabia?

E de repente isso fez todo o sentido. Todo o sentido.

– Sabia? – insistiu ele.

Não, eu não sabia. Mas aprendi, e disse a ele que concordava plenamente.

Eu não conseguia pensar em outra coisa a não ser no beijo que a Mel tinha roubado. Sim, a Mel me roubou um beijo. Era assim que acontecia nos filmes. E quando a gente estava superfeliz se beijando... ela... ela parou. Parou total. E com a sutileza de um tiranossauro rex me encheu de vergonha de ser quem eu era.

E o pior (ou melhor, quem sabe) é que eu não queria ter vergonha. Eu não tinha que ter nenhuma vergonha! Eu era aquela ali mesmo, beijando uma garota especial para mim! E estava, apesar de todo o turbilhão dentro de mim, em paz comigo. Realmente em paz. Ao contrário dela.

Eu não podia me deixar contaminar pela Mel. Eu não podia deixá-la tirar a minha paz. Foi muito difícil chegar até aqui na minha jornada de autoconhecimento, ela não tinha o direito de mexer com as minhas convicções, com as minhas verdades.

— Então, tá. Ficamos por aqui, Renato — eu disse, ao me levantar apressada. — Até a próxima sessão.

— Natali! Não acabou! — Renato tentou.

— Acabou sim! Fui! Tchau. D-desculpa. Eu... Tchau...

E saí correndo do consultório chique dele. Desci as escadas, em vez de pegar o elevador. Eu sabia que o meu terapeuta não correria atrás de mim. Isso só acontecia nos filmes. Mas, com o coração acelerado, eu sentia como se ele estivesse voando degraus abaixo para me alcançar. Eu nitidamente não queria confrontar meus medos. Não naquele dia, naquele momento.

Saí do prédio e, ao ver o céu nublado de Botafogo, respirei fundo como se estivesse saindo de 12 minutos embaixo d'água. Doze minutos. Era bom respirar. Muito bom.

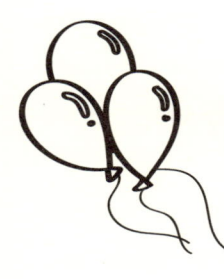

CAPÍTULO 14

Eu nunca tinha me sentido tão sozinha. Eu tinha a Belinha? Tinha, mas ela era uma criança! Pré-adolescente, adolescente, que seja, mas... Não era a companhia dela exatamente que eu queria, por mais que eu a amasse. Eu tinha a Pipa? Não! Pô... a Pipa tinha me bloqueado, então eu não tinha a Pipa, e isso era tão triste que não sei nem colocar em palavras o tamanho da tristeza. E a Mel, o que dizer da Mel? Eu só tinha meu terapeuta para desabafar. Que ódio! Eu queria alguém meu! Alguém meu pra chorar! Era pedir muito? E nesse exato momento meu celular fez *plim*.

TIA BÔ
Amorrrr, amanhã tem estreia de um filme desses da Marvel, negócio de super-herói, que eu odeio, mas você ama e eu amo você! Quer ir comgo?

TIA BÔ
*comigo?

O universo não dorme em serviço mesmo. Sensacional o sinal sonoro que ele me mandou via celular da Bô. *Oba-oba-ô! Eu tenho a tia*

Bô!, comemorei – ridiculamente, mas comemorei. Era com ela que eu ia cair na sofrência que eu merecia cair. Eu *merecia* um olhar familiar e maduro naquela altura. Era com ela que eu ia desabafar sobre o tsunami em que tinha se transformado a minha vida.

Pelo menos eu ia ver um filme. Eu nunca *amei* filme de super-herói, como a Bô acredita piamente, mas um filminho nunca cai mal, mesmo um que tenha vilões e mocinhos vestidos com roupas muito justas, e às vezes uma capa. Eu gosto de me apegar ao real, por isso eu não compro esses supercaras. Só a Mulher Maravilha eu compro, que é simplesmente perfeita.

Cheguei no condomínio e vi que o carro do meu pai estava estacionado. Abri um sorriso, fiquei realmente feliz por pensar em vê-lo. Entrei e não o vi de cara, mas ouvi vozes abafadas vindas do andar de cima. O clima estava pesado, eu não precisava ser PhD em relacionamentos (ou ex-relacionamentos) para saber.

Subi a escada pé ante pé, para não fazer barulho. É horrível, é baixo e fofoqueiro, eu sei, mas eu precisava escutar o que os meus pais tanto gritavam um com o outro. Quando um casal que briga vira um ex-casal, eles param de ser um casal que briga, não é assim que funciona? Se separaram para parar de brigar, porque brigar, se desrespeitar constantemente, deve ser insuportável.

Não precisei nem grudar minha orelha na porta. A primeira frase que ouvi não foi das melhores. Mas não mesmo.

– Eu não acredito que você não me falou, Sabrina! – gritou meu pai, exaltado.

Eu tive a nítida sensação de que o meu coração parou.

NATALI E SUA VONTADE IDIOTA DE AGRADAR TODO MUNDO

– Desculpa, Artur... Eu, eu não encontrei um momento certo pra falar!

Ah, não! Era só o que me faltava... *por que é que neste exato instante eu não posso desmaiar de sono e acordar daqui a dez anos? Eu precisava mesmo ouvir essa conversa? Era sobre mim?*

Óbvio que era sobre mim.

– Alguém da sua família sabe?

– N-não... – mamãe respondeu, nitidamente constrangida.

– Eu não queria que eles soubessem. Você pode não contar, por favor?

Baixei os olhos, arrasada – com a situação, comigo, com tudo. Com o strike que eu tinha feito no boliche da minha vida nos últimos tempos. Com a reação dos meus pais.

Mamãe prosseguiu.

E foi horrível.

– Eu não vou contar pra ninguém, Artur... Fica tranquilo. Eu não vou falar nada. Até porque... é ruim pra mim também. Ninguém precisa saber.

A minha cabeça parecia que ia explodir. Eu inteira parecia estar a ponto de explodir e fazer voar sangue e músculos para todos os lados, que nem filme do Tarantino, tipo *Kill Bill*.

– É tão inacreditável. Tão horrível! – gritou meu pai, antes de ficar uns segundos em silêncio.

Dava para ouvir a mamãe chorar, mesmo que ela estivesse se empenhando para abafar os soluços.

— Desculpa. Eu tô nervoso. Eu sei que... eu sei que é uma falha sua, mas é também uma falha minha. É tudo uma merda, Sabrina – disse meu pai, com um sofrimento na voz que eu nunca tinha visto.

Meu Deus! Eu era consequência de uma "falha", isso que meu pai achava. Eu ser gay era uma falha dele *e* da minha mãe! Só piorava.

— Falhamos sim, eu sei – admitiu minha mãe. – Mas a verdade é que eu não quis ver o que estava na minha cara, Artur. Na nossa cara.

Foi o diálogo mais desesperador que eu tive o desprazer de ouvir na história dos meus 17 anos. Eu era um erro, uma *freak*. Por mais modernos e liberais que fossem os meus pais, o fato de eu gostar de garotas incomodava brutalmente os dois. E eu jamais suspeitaria disso.

— Por que você escondeu de mim? – meu pai quis saber.

E minha mãe se entregou definitivamente ao mais sofrido pranto. Não qualquer pranto.

— Desculpa... Desculpa, Artur...

Meu pai rebateu na mesma hora.

— Eu merecia saber, Sabrina!

— Eu sei! Mas você acha o quê? Que *eu* não tava com vergonha de contar?

Não, mãe! Vergonha? Vergonha? Não, mãe!!!

Eu estava completamente devastada. Nunca quis tanto sumir, evaporar, não existir. Eu queria nunca ter existido.

— Você pensa que é fácil pra mim? Eu me culpo todos os dias – disse minha mãe, para minha mais profunda tristeza.

— Que bom. Sinal de que você pelo menos tem bom senso.

Nessa hora não aguentei. Invadi o quarto dos dois, deixando os bons modos de lado e secando as lágrimas que teimavam em rolar pelas minhas bochechas ossudas. Só então vi a cara da minha mãe absolutamente destruída de dor.

Tanto ela quanto meu pai me olharam com espanto, bufando, os olhos perdidos, a respiração ofegante. Eles não esperavam que eu irrompesse no quarto daquela maneira. E não, eu não podia ficar calada mediante tantos absurdos. Falei sem respirar:

– Quer dizer que só porque eu sou gay eu sou um erro? Uma *falha*? Uma vergonha? Uma culpa? É isso que eu sou pra vocês? É isso que eu significo pra vocês? – gritei, chorando mais do que eu jamais achei que pudesse chorar. – Desculpa não ser a princesa perfeita que vocês gostariam de ter! – explodi.

CAPÍTULO 15

Então os dois me olharam com 269 pontos de interrogação na cara (72% só na testa), o que me intrigou muitíssimo. Meu pai pareceu ter descido de uma torre de soberba. Com o coração acelerado, senti como quando eu era uma criança recém-acordada de um pesadelo, enquanto ele se abaixava para falar comigo, os olhos na mesma altura dos meus.

– Você é gay, Nat? – perguntou ele, quase sereno, nitidamente surpreso e atordoado.

Mamãe olhou para mim, abaixou a cabeça e se entregou a um choro de proporções gigantescas. Agora ela parecia culpada. Realmente culpada. Pelo menos ela se manifestou, mostrou que tinha vergonha de ser tão preconceituosa. Mas, para o meu espanto, ela não falou nada do que eu previa.

– Não, filha... não é nada disso... – ela disse, ainda olhando para o chão, envergonhada, envergonhadíssima.

Não era nada daquilo? Não era nada daquilo?! O que é que estava acontecendo? Eu não estava entendendo nada, era como se eu estivesse dentro de um filme iraniano sem legenda.

– Você é gay? – insistiu meu pai, antes de se virar para minha mãe. – Desde quando você sabe disso, Sabrina?

Eu não conseguia verbalizar nada, mas a ruguinha entre as minhas sobrancelhas certamente tinha ficado gigante.

– Filha... Ô, filha... Vem cá – disse ele, me puxando para um abraço. – Tá tudo bem, tá? Tá tudo bem...

E só então, naquele reconfortante aconchego paterno, tive coragem para externar os mil pontos de interrogação que pulavam loucamente no meu cérebro, na minha garganta.

– "Tá tudo bem"? Não, pai, não tá "tudo bem"! – desabafei, angustiada. – V-você... não sabe que eu sou gay? N-não é... não é por isso que vocês estão brigando?

Um silêncio do tamanho do maior prédio do mundo, daqueles de Dubai, entrou no quarto para morar. Meu pai e minha mãe se entreolharam, mas, ao contrário de dois segundos antes, não demonstravam um pingo de raiva. Pareciam cúmplices agora. Um querendo ajudar o outro, ambos buscando as palavras ideais para justificar a briga horrorosa que eu tinha acabado de ouvir.

– Fala alguma coisa, gente! Por favor! – implorei, ansiosa e impaciente com o deserto de explicações em que eu me encontrava.

Minha mãe respirou fundo antes de falar:

– Você não tem nada a ver com a nossa discussão, meu amor.

– Não mesmo. – frisou meu pai.

– Então... Sobre o que vocês estavam discutindo? Por que vocês estavam brigando desse jeito? Por favor, me faz acreditar que eu não sou uma vergonha pra você, mãe. Que eu não sou consequência de uma falha pra você, pai. Por favor!

Meu pai parecia assustado, chocado, surpreso, tudo junto.

– Claro que você não é nada disso, Nat! Nunca vai ser. A gente morre de orgulho de você, da mulher que você está se tornando. Sempre vamos te apoiar. – disse meu pai. – Eu... eu... eu não sei o que dizer... Eu... eu e a sua mã...

Meu Deus, cortem as reticências do discurso!, eu quis berrar.

– A gente... A gente tava falando... s-sobre mim, Natali – explicou minha mãe.

– Não tem absolutamente nada, nada a ver com você – complementou meu pai.

Uau. Uau!

Não me cobre mais vocabulário. Não agora. É só "uau" o que tenho para oferecer. Eu realmente não sabia o que pensar, o que imaginar. Eram muitas as perguntas.

– Por que você não quer ninguém da família sabendo, pai? O que você tem vergonha de contar, mãe?

Ela baixou a cabeça e chorou mais ainda. De soluçar. Parecia catar as palavras que direcionaria a mim, mas não conseguia se fazer clara, só chorar.

– Sua mãe... a sua mãe, ela... Deixa pra lá, Nat, depois a gen...

E então ele veio rápido na minha direção e me deu um beijo demorado na testa. Andou apressado para a porta, disse baixinho um "depois a gente conversa, Sabrina" e, antes de sair em definitivo, olhou para mim com ternura e disse:

— Desculpa, filha. Desculpa. Depois vamos conversar nós dois, tá? E não esquece que eu te amo. Muito.

— Também te amo, pai — respondi, aliviada.

— Muito ou pouco?

— Muito — respondi, com o coração tão quentinho.

— Vou deixar vocês duas conversando. Te ligo amanhã, mas, ó, *tamo junto*. Tamo juntão — disse, dando um leve soquinho no ar na minha direção (que retribuí fazendo o mesmo) e uma piscadela de olho muito da fofoleta.

E fechou a porta. Deu para ouvir os passos dele apressados na escada. Saiu correndo, quase fugindo.

Eu e minha mãe nos entreolhamos em silêncio por um tempo. O choro dela tinha amenizado. Parecia tonta, atônita, o olhar vago, a respiração mais calma, porém ainda longe de ser uma respiração natural. Ela expirava pesado, denso como as nuvens pré-tempestade. Então ela me puxou carinhosamente para a cama, olhou fundo nos meus olhos, inspirou lentamente e disse:

— Eu não tenho orgulho nenhum do que eu vou falar para você, Nat. Na verdade, eu nunca sonhei que teria esse momento com você, filha — ela começou, devastada. — Eu lamento muito, mas muito mesmo, você ter ouvido a minha discussão com o seu pai.

— Fala logo, mãe! Quanto mais você enrola mais eu fico angustiada!

Ela fechou os olhos e assentiu com a cabeça. Sabia, mais do que eu, que o elefante branco precisava ser retirado o mais rápido possível daquele quarto.

— Eu... eu traí seu pai, Nat. – revelou minha mãe, com um fiapo de voz, como se não quisesse se ouvir falando aquilo.

O meu coração entrou numa montanha-russa que voou para o meu pé. Eu estava me sentindo muito estranha.

— Eu me culpo tanto por isso... tanto... Eu sei que errei, eu sei que não era pra ter acontecido, que... ah...

E ela botou o rosto entre as mãos e soluçou. Um soluço tão seco e tão sofrido.

Será que em alguma hora o meu mundo vai acabar de cair? Que bosta isso tudo. Que gigantesca bosta isso tudo!, eu berrava por dentro enquanto via minha mãe sofrer.

O que eu podia dizer? O quê? Eram tantas as interrogações na minha cabeça.

— Você... você *traiu* o papai?

Foi tudo o que eu fui capaz de dizer. Foi *só* o que eu fui capaz de dizer.

— Calma, filha, eu posso...

— VOCÊ TRAIU O PAPAI?! Por quê?! – gritei.

Gritei sim. Gritei.

Nós duas respiramos fundo.

— É... era exatamente isso que o seu pai queria saber, filha – respondeu ela. – Mas... na verdade ele sabe por quê. O nosso casamento já estava falido e...

— Casal falido é pra se separar, não pra trair!

Eu estava decepcionada. Caramba, será que Deus não achava que minha vida já estava cheia de problemas, não? Precisava me arrumar mais uma trolha dessas? Eu estava cansada de ter que lidar com tantos problemas ao mesmo tempo. Nunca valorizei tanto a palavra paz como naquele momento. Era tudo o que eu queria. Paz. Nem que por uns minutos apenas.

– Não me julga desse jeito, Natali.

– Desculpa, mãe, não tô conseguindo não te julgar.

Ela suspirou, de cabeça baixa.

– É tão delicado... é tão...

– Você teve um caso com alguém, mãe, é isso?

– Não! Não! Foi só uma vez, uma estúpida vez. Maldita vez – respondeu, aos prantos novamente. – Eu e seu pai... a gente já não era mais um casal, no sentido amplo da palavra, há muito tempo. Sexo não existi...

Tampei os ouvidos e falei alto:

– Para! Eu não quero saber!!!

Minha mãe baixou os olhos, envergonhada, enquanto eu fazia um *rewind* da conversa dos dois na minha cabeça e finalmente entendia tudo. Agora tudo fazia sentido. Era a traição que ele não queria que a família soubesse, era da traição que ela tinha vergonha. Não sei se chorava de alívio ou tristeza. Só queria chorar.

– Desculpa, mãe!

– Imagina, filha. Eu que peço desculpas...

– Se eu pudesse voltar no tempo, juro que preferia não ter escutado nada. Isso não é da minha conta.

Com doçura, ela pegou na minha mão.

– Mães também erram, filha – ela disse. – Eu lembro bem do horror que eu senti quando entendi que nem minha mãe nem meu pai eram os super-heróis que eu achava que eles eram. E eu imagino que esteja tudo bem ruim aí dentro de você, e nunca vou me perdoar por isso. Por ter agido assim, dessa maneira.

Nunca tinha visto minha mãe tão frágil. Era a primeira vez que ela parecia mais menina que eu.

– Eu entendi agora o meu pai dizendo que não foi só uma falha sua, que foi dele também... Se ele não tivesse sido ausente como marido você talvez não tivesse traído ele, né?

Ela respirou aliviada.

– Exatamente... Não que isso seja uma desculpa plausível, mas... eu sei, e ele sabe, que a culpa pelo nosso casamento ter degringolado foi de nós dois. Mas é tudo muito complexo, filha. Muito complexo. Ele mesmo disse que seria muito cruel jogar todo o peso do fim em cima de mim.

De alguma maneira, eu entendia. Parei de julgar minha mãe, como fiz inicialmente. Ninguém sabe a dor de ninguém, ninguém sabe a luta de ninguém, com o mundo ou consigo mesmo.

– Eu me arrependo tanto, minha filha. Tanto... Mas infelizmente a vida não é um ensaio, não posso voltar a cena e fazer de outro jeito. Infelizmente...

Eu conseguia sentir o tamanho da dor da minha mãe. Ela não era super-heroína, mas continuava sendo minha superamorosa mãe (e superparceira, supercompanheira de trilhas, festas e viagens, superfazedora de brigadeiro, superouvinte), super sofrendo pelo fim de um casamento longo aos 48 anos de idade. A sociedade não é muito legal com gente dessa idade, eu vejo isso. Puxei ela para um abraço.

– Me perdoa? – ela pediu, com a voz abafada, parecendo carregar toda a dor e toda a vergonha do mundo.

– Não tem o que perdoar, mãe. Você que precisa se perdoar – falei, num momento de maturidade e lucidez.

A verdade é que eu não tinha nada a ver com aquela história. Não fazia o menor sentido eu estar vivendo aquele furacão de emoções dos últimos dias. Mas, como dizia Mario Quintana, poeta genial que mamãe me apresentou quando eu ainda era criança: "E que fique muito mal explicado. Não faço força para ser entendido. Quem faz sentido é soldado". Eu já estava na cama, tocando uma música triste qualquer no ukulele, quando chegou uma mensagem no meu celular.

TIA BÔ

Peleleca, quero que você seja sincera comigo, tá? 😬

TIA BÔ

Você ficaria muuuito chateada se eu não te levasse na pré-estreia amanhã? 😬😬😬😬 *Eu juro que te levo pra ver o filme outro dia.* 😍🤩😬

TIA BÔ

É que tem um boy luxo vindo de Minas ficar comigo e... 😻😻 *Ah... ele ama Marvel e... e eu queria ir com ele.* 🔥🔥🔥 *Mas é CLARO que se você fizer muita questão de ir está marcado o nosso compromisso.* 🐼

Duas frases:

1 – Nunca foi tão bom ler uma mensagem.

2 – Como eu amo a honestidade da tia Bô.

NATALI
😂😂😂

NATALI
Vai c ele, Bô. Rlx. Nem sou fã da Marvel. 😬😅

TIA BÔ
🙌🙌

NATALI
😱😱😱😱

Apesar do emoji gargalhando, na vida real eu tinha uma tempestade interna para gerenciar. Fechei os olhos e tentei dormir, mas não consegui. O meu mundo estava sendo destruído e, infelizmente, eu não tinha nenhum superpoder para lidar com isso.

CAPÍTULO 16

Depois de uma noite em que quase não preguei os olhos, acordei querendo dormir de novo. Era como se um trator tivesse passado por cima de mim e amassado ossinho por ossinho. Fazia sol, e se fosse um dia normal de férias eu ia chamar a Pipa e a Mel para jogar vôlei na praia e ficar por lá até o sol se pôr no horizonte. Eu e a Pipa éramos uma duplinha ótima na areia, vivia pedindo para ela entrar na aula, ela ia arrasar. Pipa levantava e eu só cortava, só cortava. Éramos a definição de timaço.

Ao lembrar das manhãs maravilhosas em que não víamos o tempo passar na areia, bateu uma saudade imensa do colo da Pipa, dos olhos sempre acesos dela, do carinho dela. Belinha tinha ido dormir na casa de uma amiga, então quando desci a escada dei de cara com a minha mãe sozinha comendo um ovo mexido. Na hora entendi que sua noite tinha sido bem pior do que a minha. Ao me ver, ela desviou os olhos. Encarando a parede, ela disse, com a voz embargada:

– Que vergonha eu tô de você, filha... que vergonha...

Tadinha... Ao mesmo tempo que eu sentia uma enorme compaixão, eu gostava da sensação de saber que minha mãe também sente vergonha. E era tão sem sentido a vergonha dela...

– Ô, mãe... Para com isso!

Ficamos abraçadas um tempo ali, até o momento em que peguei seu rosto com as mãos e enxuguei as lágrimas que não paravam de cair dos seus olhos.

– Você já está cheia de questões para resolver e agora venho eu e cago tudo.

Eu ri do "cago tudo".

– Cagou nada não, mãe. Até porque, como diria o filósofo: "o que é um pum pra quem já tá cagado?"

Rimos juntas, ela estava mais leve agora (menos pesada seria mais apropriado, mas eu gosto de ver o copo meio cheio, sempre), tinha parado de chorar e se esforçava ao máximo para sorrir com verdade.

– Como você tá, filha?

– Um caos – respondi. – Eu sou o caos todinho, em pessoa. Prazer.

Ela riu um riso profundamente triste.

– Como eu posso te ajudar?

– Não tem como. Acho que só o tempo vai me ajudar, mãe.

Ela meneou a cabeça.

– Lembra o que você pediu ontem pra mim? Pra eu não me culpar?

– Arrã – falei.

– Faça o mesmo, filha. Não se culpe por ser quem você é.

Que linda...

– Ah, mãe, agora quem vai chorar sou eu...

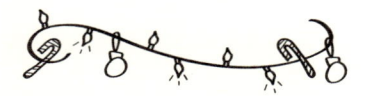

NATALI E SUA VONTADE IDIOTA DE AGRADAR TODO MUNDO

Comi um mamão bem docinho antes de devorar o ovo mexido da Cora, que trabalhava lá em casa fazia uns cinco anos e se chamava Cora por causa da Cora Coralina, de quem a mãe era grande fã. Virava e mexia ela recitava um poema, digo, uma pérola da poeta, que publicou seu primeiro livro quando já tinha quase 76 anos. Sim, eu também sou fã da Cora Coralina.

Não te deixes destruir...
Ajuntando novas pedras
e construindo novos poemas
Recria tua vida, sempre, sempre.

Sempre amei esses versos, mas naquele momento da minha vida eles caíram como uma luva na minha tempestuosa realidade. Eu precisava transformar em poesia a prosa infernal e mal escrita em que eu tinha me metido e da qual eu era a protagonista. Peguei a *bike* e fui pedalando para a casa da Pipa com meu coração apertado. Eu precisava tanto dela.

Tia Naná veio abrir a porta, a fisionomia preocupada.

– Ela não quer falar com você, Nat...

Pipa não queria falar comigo. Aquele bagulho era muito sério. Muito triste.

E eu comecei a chorar, de novo. *Caramba, a vida não me dá trégua mesmo.* Não eram nem onze da manhã ainda! Tia Naná me abraçou.

— O que foi que aconteceu? Nunca vi a Pipa desse jeito. Ela só quer chorar no quarto, ficar quieta, não quer falar comigo...

— Aconteceu que eu estraguei tudo. Eu... eu não devia ter nascido, sabe, tia? Eu só faço mal pras pessoas. Especialmente pras que eu mais amo, como a Pipa.

— Não fala assim, meu amor... Você é só alegria. E a amizade de vocês duas é muito especial. Dá um tempo pra Pipa.

Fiz que sim com a cabeça, chorando mais ainda depois de "amizade muito especial". Era exatamente isso. Eu e a Pipa tínhamos uma conexão sinistra, a gente se falava com o olhar, eu entendia o que ela queria dizer na primeira sílaba, e vice-versa. Eu sabia, só de olhar, quando ela estava com fome, ou entediada, ou quando ela implicava com alguém. Já tivemos algumas crises de riso sérias, a ponto de eu achar que nunca mais ia conseguir parar de rir.

A Pipa sempre foi hilária e tão pra cima. Eu sou mais sisuda, mais fechada, ela era meu sol. A nossa amizade era tão especial, éramos tão cúmplices e irmãs que muita gente invejava. Quando a Pipa sofria, eu sofria junto, quando ela levou o pé na bunda de um gordofóbico – que lhe disse coisas horríveis e a deixou péssima, consigo e com o mundo – não soltei a mão da minha amiga nem um segundo.

Ela era sempre a mais animada do rolê, torcendo por mim nas quadras vida e me fazendo sentir uma medalhista olímpica a cada ponto que eu fazia; linda demais. Um dia me matou de vergonha quando me jogou em cima da Carol Solberg (minha ídolaaaaa) e me obrigou a tirar uma foto com ela, que eu amei tanto que imprimi pra

NATALI E SUA VONTADE IDIOTA DE AGRADAR TODO MUNDO

botar no meu quarto. Muitas histórias já vivemos juntas. Deixar minha amiga triste me fazia sentir um lixo.

– Brigada – agradeci tia Naná com um abraço. – Avisa que eu vim, tá?

Queria tanto pedir desculpas para a Pipa e ganhar o abraço que só ela sabe me dar, queria tanto reescrever a minha história com ela, colocar todas as coisas horríveis que disse para ela de volta à minha boca. Mas é como minha mãe disse, a vida não é um ensaio que a gente erra e pode voltar atrás para refazer a cena. E isso pode ser muito lindo, mas muito triste também.

Eu precisava falar, e não era com o Renato, com quem só teria sessão na semana seguinte.

NATALI
O boy de Minas já chegou? Tô precisando de colo de Bô.

Assim que leu, escreveu:

TIA BÔ
Não tem boy numa hora dessas!!! Você sempre vai ser prioridade, Nat. Sempre.

E logo depois me ligou para dizer que em meia hora, no máximo, estaria no Hollandaise, um restaurante que ficava na esquina do meu condomínio. E entre um suco de abacaxi com hortelã e outro, desabafei com minha tia preferida. Na verdade, não só tia, a Bô era uma das minhas mulheres preferidas no mundo.

— Eu queria ter te contado há mais tempo, mas... não consegui.

— E essa cara de culpa é o quê? Tira essa cara daí! Você fala o que quiser pra quem quiser, Natali!

E eu comecei a chorar. Era o terceiro choro do dia.

— Desde que eu saí do armário tudo à minha volta desabou. Sabe o Strange no Homem-Aranha 3?

— Claro que não. Não entendo nada de super-herói. Quem é esse? É gato?

Eu ri. Tia Bô era hilária falando absolutamente qualquer coisa. Ela foi extremamente carinhosa comigo. Passamos a tarde juntas, ela me contou histórias de amigas dela que eram lésbicas, amigos gays, me deu esporro porque eu nunca tinha dado um beijo na boca e "como assim você é virgem?" foi uma frase bastante dita por ela no tempo que passamos conversando. Figura!

— Você não pode mais falar com essa Mel. Peguei ranço dessa garota.

— Não, tia, ela é só confusa, boba, sei lá...

— Ela é abusadorinha, isso sim! Você tem que entender que essa menina não dá! Ela não te respeita, logo, não te merece. Foi livramento, isso sim.

Também me disse que meus avós e tia Sayô e o tio Alberto são caretas, mas não são más pessoas. Mas que era melhor eu esperar meu maremoto interno passar para falar com eles.

— E deixa dessa bobagem de que você sair do armário transformou a vida de todo mundo em volta. Coisas ruins acontecem independentemente das coisas boas, a vida é assim, não tem nada a ver com você.

Saí de lá renovada, me sentindo realmente querida. Quando estava quase na porta de casa, meu celular tocou. Era a Mel, que estava de bike na altura do meu condomínio, perguntando se eu podia encontrar com ela na praia. Depois de tudo o que a tia Bô disse durante a tarde, eu sabia exatamente o que fazer. Eu responderia não, nem pensar, quem você pensa que é?, eu sou muito melhor do que você, tchau.

– Tô indo pra lá.

Burra nível estúpida, foi assim que eu respondi, morta de raiva de mim. Não contente, ainda completei a estupidez:

– Areia ou quiosque?

CAPÍTULO 17

Sou uma anta emocional, mesmo. Por que a razão não consegue andar de mãos dadas com a emoção, meu Deus do céu? Alguém consegue me explicar? Por que a gente deixa o coração atropelar tudo, inclusive o bom senso?

Eu não tinha nem que ter atendido a Mel. Aquela garota estava me deixando mais louca e confusa e angustiada do que eu já estava. Tia Bô avisou que eu deveria gostar mais de mim, não perder tempo sofrendo por uma "abusadorinha". E ela estava certíssima. Por que eu não fiz o que devia ter feito?

O dia estava ensolarado e quente, e o pôr do sol certamente seria especial.

– Primeiro amor não quer dizer que seja único e pra sempre, não – tia Bô falou no restaurante. – Você acha que a Sayô é apaixonada pelo Alberto? Foi a primeira e única paixão dela, *segundo ela*, mas nunca vi paixão nos olhos da minha irmã. Eles são o casal mais morno e insosso que eu conheço. Acredita, amor, o mundo não vai acabar se você nunca namorar essa estrupícia aí com quem você cismou.

Estrupícia. Só a Bô pra me fazer rir.

NATALI E SUA VONTADE IDIOTA DE AGRADAR TODO MUNDO

– Ela é tudo menos estrupícia – disse, mostrando uma foto da Mel no meu celular.

Tia Bô ficou boquiaberta.

– Ai, que ódio, é linda!

– Linda – repeti a mim mesma, rindo das caras e bocas da minha tia.

Eu disse a mesma que seria a última vez que eu daria uma chance para a Mel se explicar e mostrar que ela não era o monstro que a Pipa, a Bô e a Belinha achavam que ela era.

Cheguei na praia e ela ainda não estava lá. Comprei uma água de coco e fiquei apreciando aquela vista deslumbrante enquanto pensava na vida. A praia sempre foi meu lugar, meu templo, meu tudão. O telefone tocou e era meu pai, por vídeo. Pensei duas vezes antes de atender. Não queria falar com ele, não naquela hora. Mas... ele merecia uma explicação.

– Oi, filhota. Tudo bem? Bora marcar de conversar?

– Arrã.

– Você tá bem?

– Arrã.

– Para com arrã, Natali, fala direito! Você tá bem?

Soltei um suspiro.

– Defina bem, pai.

– Você... você conversou com a sua mãe?

Tadinho... ele estava visivelmente constrangido.

– Conversei. Ela... me contou tudo.

Ele ficou em silêncio.

– Eu queria muito que você soubesse que você não tem absolutamente nada a ver com a nossa separação, filha.

– Tô ligada.

– Que bom – ele disse. – Tô com saudade de você e da sua irmã, mas queria ter um tempinho com você sem ela amanhã. Pra gente falar disso aí, dessa novidade.

Ui.

– Dessa "novidade"? Pai, não falei pra você que agora sou boa aluna de matemática, contei que sou gay num país extremamente preconceituoso e homofóbico, ou seja, é um pouco mais que só uma "novidade". É uma coisa que muda a vida, tá ligado?

– Não muda nada, meu amor.

– Como não? Minha vida já mudou pra caramba!

Ele ficou uns segundos em silêncio, parecia ponderar cada palavra que diria em seguida.

– Filha... só me esclarece uma coisa. Eu não consigo entender como você tem tanta certeza de que gosta de meninas, se nunca ficou com nenhum garoto. E tem também o meio do vôlei, é tudo muito masculinizado, eu achei que você era assim por causa do vôlei...

– Assim como, pai?

– Assim, mais... como é que eu vou dizer... mais... meninão mesmo. Tudo bem que você nunca apresentou namorado pra gente, mas nunca passou pela minha cabeça que... Você não pode estar engan...

– Não, pai, eu não tô enganada. E ter jeito ou não de menino ou menina não tem nada a ver. Eu não tô enganada. Nada enganada.

NATALI E SUA VONTADE IDIOTA DE AGRADAR TODO MUNDO

Nessa hora, Mel chegou por trás e me deu um sustinho como se nada de estranho, para falar o mínimo, tivesse acontecido entre a gente. Só quando me virei que ela notou que eu estava numa chamada de vídeo com meu pai. Perdendo uma grande chance de ficar calado, ele disse:

– Oi, Mel. Olha só! Você que é a... a n-namoradinha dela?

Senti todo o meu corpo avermelhar de vergonha.

– Não!!!!! Tchau, pai.

Desliguei rapidamente e abaixei a cabeça.

– "Namoradinha" é ótimo – disse Mel. – Meus pais até hoje se referem aos meus amigos no diminutivo.

Dei um sorriso sem graça.

– Você rebateu de cara o seu pai! Quer dizer que te incomoda tanto a ideia de eu ser sua "namoradinha"?

Que pergunta era aquela, gente?

– Não tô entendendo, Mel. Que eu saiba, o seu "namoradinho" é o francês lá.

Foi a vez de ela baixar a cabeça. E então se sentou ao meu lado na areia, olhou para o mar e, sem tirar os olhos dele, anunciou serenamente:

– Eu terminei com o Alain, Natali.

Eu. Terminei. Com. O. Alain. Natali.

Era como se um tsunami tivesse afogado o meu cérebro. Eu não conseguia raciocinar. Só pensava em "eu terminei com o Alain, eu terminei com o Alain, Natali, eu terminei com o Alain, Natali", isso voava em looping na minha cabeça.

Pior que isso, a Mel terminou com o Alain e eu não conseguia saber se eu estava triste ou feliz com esta notícia. Animada ou arrasada. Eu nem sabia o que dizer.

– Fiquei pensando em tudo que a gente conversou e... pô... você é uma das minhas melhores amigas, Nat... Há séculos. Eu agi muito mal com você.

Agora eu sabia nomear perfeitamente o que estava sentindo: alívio. Eu não queria mais nada dela além disso, do reconhecimento da nossa amizade, do valor da nossa amizade, do entendimento dela a respeito de suas atitudes nada legais comigo.

– Me perdoa? – perguntou, agora olhando nos meus olhos.

E me puxou para um abraço. E foi então, ao sentir meu coração acelerar do nada, que cheguei à conclusão de que ainda gostava muito dela. Que bosta.

– Como você tá? – perguntei. – Com o término com o *Alain*.

– Bem – respondeu ela, mais uma vez serena. – Não ia dar certo, né? Como você bem disse, esse negócio de distância é difícil.

Naquele momento, apesar de tudo estar correndo bem até ali, o meu nome era desconfiança. Eu estava meio descrente naquele diálogo.

– Achei que você tava apaixonada por ele – falei.

– Achei também. Mas na real eu tava mesmo é de saco cheio de ser virgem e transei com o primeiro que mexeu minimamente comigo – ela explicou, rindo.

Não ri de volta. Até porque... que justificativa mais ridícula.

– Tendi... – foi tudo o que consegui dizer, tentando não julgar.

NATALI E SUA VONTADE IDIOTA DE AGRADAR TODO MUNDO

O vento da Barra e o céu se alaranjando não deixaram o silêncio que veio em seguida causar desconforto. Pelo contrário, estava estranho e gostoso ao mesmo tempo estar ali com a Mel. O imprevisível até que não era uma companhia tão incômoda.

– Eu... eu gostei de te beijar, Nat – disse ela, em tom de confissão, matando de susto até a maior parcela de imprevisibilidade do imprevisível. – E não consegui parar de pensar no nosso beijo.

Olhei para ela sem conseguir esconder o espanto. O meu coração nunca tinha batido tão rápido. Aquilo era um sonho?

– Eu queria muito que você me desse a chance de te beijar de novo.

É sério isso?

– É sério isso?

– Muito sério. Não sei se sou bi ou gay, mas... sei que tô mexida de um jeito que não sei explicar. Acho que eu nunca me senti assim.

– Você nunca se sentiu assim, Mel?

Ela fez que não com a cabeça.

– A-assim como? Sinceramente... Eu não sei direito o que eu tô sentindo.

E então a gente se olhou lenta e profundamente no cenário mais bonito e romântico que poderia haver, com a música das ondas batendo na areia compondo uma impecável trilha sonora. Era o momento mais especial, belo e singelo da minha vida até então.

Finalmente uma coisa boa acontecendo comigo desde que comecei a espalhar para o mundo que gosto de garotas.

Como a Mel era linda, meu Deus, e como era bom me ver refletida nos olhos tão, tão pretos dela... Aqueles olhos lindos. Peguei na sua nuca, ela fez charme, deu um sorriso bobo, estava gostando.

Mas logo recuou.

– Que foi? – perguntei, desapontada.

– Aqui não.

– Aqui não?! Por quê?!

Acho que nem ela sabia a resposta, porque abaixou a cabeça. Eu estava em choque com aquela reação. Quantas vezes mais eu precisava me decepcionar com a Mel para entender que ela realmente não me merecia? Não merecia meu amor.

– Você tem vergonha, é isso? – perguntei, com a pele fervendo, sem me tocar que aquela era a milionésima vez, *em dias*, que eu usava a palavra vergonha.

Sem me olhar, Mel disse que sim, que achava que sim. Perguntei por quê.

– Porque eu não quero que ninguém me veja beijand...

– Beijando uma garota? É isso?

– Não! Eu não... Não sou de beijar em público! Não gosto, não sei fazer.

– Você já beijou umas mil e duzentas vezes em público, Mel! Eu já vi. Claro que o que você não quer é que te vejam *me* beijando! E eu já passei muito tempo me escondendo, não quero mais! – eu disse enquanto me levantava, batendo a areia do short, pronta para ir embora. Que abuso.

— Não! — insistiu Mel. E respirou fundo antes de fazer a incrível proposta que veio a seguir: — A gente... a gente não pode... por que a gente não namora escondido?

Oi?

Calma. Vai piorar em três, dois...

— Só até eu me entender, Nat, até eu entender o que eu tô sent...

Aí não aguentei e estourei. Fui apresentada a uma Natali que eu não conhecia, de tão feroz que foi meu jeito de reagir. Eu estava profundamente magoada e absolutamente chocada com a falta de bom senso e empatia daquela garota.

— Melissa! Você só pode estar brincando! Você acha que eu sou o quê? Hein? Você ouviu alguma coisa do que eu falei? **Eu não quero mais me esconder**. Nem de mim nem de ninguém! Eu não sou seu laboratoriozinho de experimentos sentimentais, não. Você acha o quê? Que depois de me usar pra "se entender" hétero ou não, você pode me largar a hora que quiser como se eu fosse um copo descartável? Como é que você tem coragem de me propor uma coisa dessas, Melissa? Que decepção, mano. Que decepção.

Mel me ouvia com uma cara de nada (ela era especialista nisso) que me irritou profundamente. Uma cara indecifrável, como se a dor que ela causou em mim não tivesse nenhum significado para ela. Não doesse nadinha nela.

— Você é egoísta, Melissa. Só pensa em você. Eu sou gente, mano, não sou seu parque de diversões, não! Que você entra e sai a hora que quer! Você é tudo, menos minha amiga. Amiga de verdade não faz isso.

A Pipa jamais faria.

Que ódio de mim. Que ódio gostar de uma pessoa tão vil. Mas agora eu estava decidida a mudar. Mel, nunca mais. Eu precisava gostar mais de mim e cuidar do meu bem-estar sem pensar naquela idiota.

Se aquilo era uma relação tóxica, se a Mel era uma pessoa tóxica, o meu vício estava prestes a acabar. Sei que vício é uma doença difícil de tratar, mas eu estava disposta a virar esse jogo e me curar. Estou sendo cruel? Sim. Estou sendo totalmente cruel comigo, com ela. Estou magoada e totalmente sem chão. Também estou meio louca? Talvez.

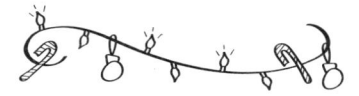

Peguei meu coco e saí da praia sem me despedir. Nem vi o sol se pondo, que é sempre uma cena espetacular, mesmo num dia em que partem o coração da gente. Mais uma vez.

CAPÍTULO 18

No dia seguinte ao desastre com a Mel, eu e meu pai deixamos a Belinha no balé, em Ipanema, e fomos para o McDonald's da esquina da Visconde de Pirajá com a Vinicius de Moraes. Pedi um milk-shake de chocolate e um McChicken, meu pai foi de nuggets.

O som da nossa mastigação dizia muito sobre nós dois: que estávamos desconfortáveis com a suposta obrigação de ter "a" conversa, que não queríamos exatamente *ter* a conversa. Até porque, por telefone, meu pai já tinha dado indícios de que não curtia muito o papel de pai de garota gay.

– Então... – começou ele.

– Então. O que você quer saber, pai?

– Eu quero só entender, filha.

– Entender o quê?

– Por que foi que você resolveu ser gay?

– Eu não resolvi, pai, eu nasci gay – respondi, revirando os olhos.

– Como é que você sabe?

– Sabendo!

Meu pai estava me irritando profundamente.

– Você nunca ficou com nenhum garoto, Natali, como é que você tem tanta certeza?

– Tendo, ué.

– Assim não dá pra conversar com você.

– A gente tem mesmo que conversar?

– Claro, eu preciso entender.

– Não sei se entender é a palavra. É?

– Você já... você... você já ficou com alguma menina?

E as cenas da minha tarde desastrosa na praia com a Mel invadiram minha cabeça feito flashback de filme de terror. Baixei a cabeça. Não por estar constrangida por ter ficado com uma menina, mas por vergonha de gostar de uma menina que tem vergonha de me beijar.

– Fiquei, pai.

– E foi... bom?

– Não! Não foi nada bom, tá feliz?! – estourei. – Era isso que você queria ouvir?

– Filha, então! Se não foi bom, você pode não ser g...

– Para, pai! Por favor, para!

O meu pior pesadelo estava virando realidade. Meu pai, que surpresa, estava todo errado. Levantei e fui ao banheiro para chorar um pouquinho. Aproveitei para *xixar* e, enquanto o xixi saía, mandei uma mensagem para a Pipa, com lágrimas nos olhos.

NATALI

Eu não suporto mais ser eu. E aí quando eu lembro que é muito estranho ser eu sem você, eu morro de saudade de você. A Mel é uma idiota,

NATALI E SUA VONTADE IDIOTA DE AGRADAR TODO MUNDO

abusadora e tóxica que não me merece, você está coberta de razão. Sempre esteve. Meu pai é um preconceituoso e é com ele que estou agora no pior diálogo da história da minha vida. Belinha me enche o saco com perguntas sobre sexo entre gays e minha mãe só sofre por causa da separação. Minha vida está um caos e às vezes tudo o que eu quero é sumir. E tô te contando só um terço da minha tragédia. Volta a falar comigo. Por favor. ♡♡🙏🙏🙏 *Eu faço massagem no seu pé com óleo essencial de lavanda todos os dias, até que a morte nos separe.*

NATALI
Desculpa o textão. É grande, mas não tanto quanto o meu amor por você.

Voltei para a mesa e meu pai parecia estar pensando em mil coisas ao mesmo tempo. Ele ia me fazer um questionário, eu tinha certeza. Era um interrogatório disfarçado de conversa.

– O que o Renato acha disso?

– De eu ser gay?

– É, ué.

– Da hora.

– Ele fala isso?

– Não, mas eu sinto.

– Hm...

– Que foi, pai? Não tô entendendo. Aquele dia lá em casa você foi todo fofo, falou que tava de boa, mas de boa você claramente não tá, né?

– Meu amor, eu vou sempre estar de boa com as suas escolhas, desde que elas te façam feliz. Eu quero é te ver feliz, mas eu não tenho como não me questionar. Você se perguntou por que você é assim?

— Ah, pai... Assim como? Parece que eu sou uma aberração.

— Desculpa, Nat, não foi isso que eu quis dizer, escolhi mal as palavras, meu amor.

— Pai, eu tô há cinco anos fazendo terapia pra me entender. Claro que eu me perguntei mil vezes por que eu sou gay e se eu sou gay mesmo! Até porque é muito mais fácil ser hétero, né? *Vamo* combinar.

— Fala baixo, amor.

— Por quê? Pai, você não tá ajudando.

Ele ficou envergonhado.

— Desculpa, meu amor. Que preconceituoso eu fui. Me perdoa.

Deu pra ver o quão arrasado ele ficou com a possibilidade de ter me magoado.

— Suave, pai. Na real, eu acho que todo mundo é meio preconceituoso. Eu sou. Tô há séculos querendo contar pra você, pra mamãe, mas um preconceito interno e horroroso dentro de mim não me deixava contar.

— E a gente tem tanta certeza de que não tem preconceito com nada, né?

— Exato.

Ele respirou fundo.

— Filha, só entende a minha indagação... Não tem a ver com não querer que você se entenda gay, veja bem. Tem a ver com não entender, mesmo, como você pode ter tanta certeza se nunca ficou com um menino.

NATALI E SUA VONTADE IDIOTA DE AGRADAR TODO MUNDO

– Eu não sei se eu entendo isso também. Eu só sei, eu só sinto.

– Mas por que você não dá uma chance para um garoto?

– Eu acho eles chatos. E fedidos.

Ele riu.

– Eu não, eu sou limpinho, pô.

– Mas você é meu pai.

Rimos. O silêncio se fez mais presente que as palavras. Quando ditas, foram poucas e precisas. Mas, apesar de tudo, o clima estava leve agora.

Quando deu a hora de pegar a Belinha, nos levantamos e, na porta do Méqui, ele me puxou para um abraço esmagado e disse baixinho no meu ouvido:

– *Tamo* junto. *Tamo juntão*.

E eu sorri de olhos fechados, me sentindo amada por um pai que às vezes não sabia escolher as palavras, mas que queria entender sua nova realidade. Sem contar que ele estava passando por um luto dolorido por conta da separação.

Aliás, falando nisso, ele pediu que eu não contasse para Belinha a conversa dele e da mamãe que eu presenciei. Fiquei com peninha. Ele estava bem mal com essa história. E de repente, no meio de um furacão, cai no colo dele uma filha gay, do nada. Eu tinha que entender meu pai também, poxa.

Fomos para a casa dele, um apezinho muito bonitinho que ele alugou mobiliado na Conde de Bernadotte, no Leblon, pedimos pizza para jantar e não se falou mais sobre homossexualidade. Eu não tive que responder pergunta nenhuma, era como se eu estivesse voltando a ser eu.

Quando fui para o quarto, o telefone tocou. E meu coração ficou tão, mas tão feliz!

– Pipa!

– Só pra checar: massagem no pé *todos os dias*, com óleo de lavanda, até o último dia da sua vida?

– Exatamente – respondi rindo e chorando, a voz trêmula.

– E não quero mais ouvir o nome da Mel!

– Fechado.

– Agora deixa de nhenhenhém, vem aqui me dar um abraço e fazer sua primeira massagem, Natali.

Eu ri alto.

– Tô no meu pai, ele tá morando no Leblon. Daqui a dois dias vou pra casa e bato aí assim que pisar no condomínio.

Um breve silêncio se fez. A deixa perfeita para dizer:

– Eu te amo, Pipa. Mil desculpas.

– Também te amo, estúpida.

Foi bom sair da Barra e viver um pouco do clima da zona sul. Na praia, meu pai mostrou meninos e meninas para mim com frases como "aquele ali você pegaria?" e "aquela ali é pra pegar ou namorar?". Eu sei, emoji envergonhado total. Nem perdi meu tempo falando que não sou bi.

O fato é que me senti bem vendo meu pai interessado em mim e no meu bem-estar, cada vez mais cuidadoso com as palavras e "conselhos". Ele queria me fazer pensar fora da caixa, e, ao contrário do Renato, era família, e me botou para refletir sobre aspectos que em anos de terapia eu não tinha refletido. Foi bem bom sentir meu pai tão amigo, tão preocupado.

NATALI E SUA VONTADE IDIOTA DE AGRADAR TODO MUNDO

No domingo à noite, quando ele deixou a gente em casa, continuei com tudo o que tínhamos conversado na cabeça. O fato, quer saber?, é que ele estava certo, né?! Como eu podia ter tanta certeza se não tinha sequer experimentado ficar com um garoto? Mas eu também li que ficar ou não com alguém não determina o gênero de ninguém... Meu cérebro, tão seguro e lúcido sobre a situação até então, deu uma rodopiada. Por que não tentar? Quem disse que eu não gosto mesmo? Minha vida seria tão melhor se eu não fosse gay, o Brasil é tão homofóbico e careta e preconceituoso e antiquado e finge que é descolado, mas não é...

Como estava tarde, não passei na Pipa. Mas mandei mensagem.

NATALI
Você tem sapateado amanhã?

PIPA
Sim!

NATALI
Aquele garoto lindo que toda vez que eu vou lá fica empolgado ainda faz aula com você?

PIPA
O Pavão? Faz sim. Pq?

NATALI

Amanhã te explico.

PIPA

Nat, o Pavão fica empolgado com qualquer coisa que respira.

NATALI

Olha aí. Gosto assim 😼

PIPA

Não tô entendendo nada.

NATALI

Amanhã você vai entender. 😴 zZz zZz zZz

Uma hora antes da aula da Pipa fui até a casa dela para fazer a tal massagem no pé da minha best. Eu sempre tive jeito com massagem, sempre gostei de apertar os outros, de tirar dor de ombro e de pescoço. E geral me elogia, fico felizona.

– Agora explica esse interesse repentino pelo Pavão, por favor.

– Pavão é o sobrenome dele?

– Não, apelido. Daí você tira. Ele é um pavão, metido, se acha o melhor dançarino, o melhor ator, a melhor pessoa, o mais bonito.

– Ele é bonito pra cacete.

– Gente... tô entendendo nada.

— Pensei bastante... ainda mais depois de ficar com a Mel. Eu tenho que ficar com um garoto, Pipa. Eu preciso. Meu pai tá certo.

— Jura? – fez Pipa, descrente.

— Juro. E esse Pavão é perfeito – disse eu, parecendo 100% decidida, mas por dentro ainda meio cambaleante, confesso.

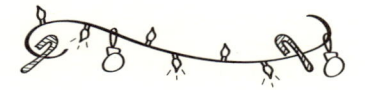

Fomos de bike para o sapateado da Pipa, que era bem pertinho do nosso condomínio. Pavão estava lá, se alongando e contando histórias, todo *pavonesco,* amando ser o centro das atenções. Ele realmente não se achava, ele se tinha certeza.

Quando me viu, veio todo-todo puxar assunto de vôlei sob o olhar incrédulo da Pipa.

— Nossa, você lembra que eu jogo? A gente se viu há o quê? Quatro, cinco meses? Tem tempo... – falei, dengosa. É, dengosa. E charmosa. Amorosa. Como queira.

Ele disse que super se lembrava de mim, "como esquecer?", disse, galante. Enfim, o Gato (ele é gato com G maiúsculo mesmo, acredite) me deu a maior moral. Combinamos de depois da aula tomar um suco na lanchonete que ficava no térreo do edifício. E vou falar: meu ego ficou bem animadinho por ter um garoto lindo e desejado daqueles dando mole para mim.

A aula de *tap* era muito legal de assistir, o professor era ótimo, eu vivia falando para a Pipa que ia entrar, mas nunca entrava. Dançando, acho que eu ia parecer um flamingo com coceira na bunda, um desastre. Pavão sapateava muito. *Muito!* Nível filme americano da década de 1940, 1950.

Na casa de sucos, pedi um de abacaxi com hortelã, e ele, um açaí. Aos poucos, o pessoal da turma da Pipa foi embora, mas a gente continuou.

– Tenho que ir. Vai ficar? – perguntou minha best.

Fiz que sim com a cabeça e ela se despediu carinhosamente antes de ir embora. E sussurrou no meu ouvido:

– Ouve seu coração, se ouve. Não tem regra pra ser feliz.

O que dizer diante disso?

– Te amo. Muito – sussurrei de volta.

Foi bom conhecer melhor o Pavão, um dos caras mais bonitos que eu já tinha visto na vida e com a boca mais bem desenhada do mundo, sério. Parecia pintada por um Renoir da vida. Era até meio hipnótica, eu tentava olhar para os olhos dele, de uma cor meio mel absurda. Ele não era Pavão à toa.

Não bastasse isso, ele era bom de conversa, era engraçado de verdade, carisma era seu nome do meio. Ao longo da tarde, descobri que ele era da Cidade de Deus, comunidade com mais de mais de trinta mil habitantes que virou nome de livro e filme premiado. Aliás, foi lá que ele conheceu o Roberto, professor de sapateado da Pipa, que deu uma oficina gratuita para jovens da comunidade e se encantou com Pavão (cujo nome era Lucas) e Joana, outra da oficina de CDD que ganhou bolsa no curso.

– Sempre quis ser ator. Ator que dança, tá ligado? Eu acho que eu sou artista desde a barriga da minha mãe.

NATALI E SUA VONTADE IDIOTA DE AGRADAR TODO MUNDO

Pavão era maduro para seus 18 anos. Ele amava ler, e eu amei essa informação vinda daquela boca mais que perfeita na minha frente. Ele tinha uma irmã da minha idade, a Maria, e foi com ela, durante um tiroteio anos antes, que ele foi para baixo da cama com a lanterna do celular iluminando as páginas de O diário de Anne Frank. A descrição dessa cena me fez concluir que ela era triste e bela ao mesmo tempo. A união dos irmãos e o amor pela literatura num momento bizarro, para dizer o mínimo, como um tiroteio. Um livro tirando os dois daquela realidade absurda. *Uma realidade tão diferente da minha...*

Quanto mais ele falava, mais sem graça eu achava a minha vida. Pô, aos 11 ele tinha ganhado um concurso de passinho, aos 12 venceu uma olimpíada de matemática, aos 13 começou a trabalhar na feira com seu pai e, com todo aquele gogó e beleza, transformou a barraca do seu progenitor em sucesso imediato.

– Que legal! – elogiei.

– Legal? Legal pra você, que tá com todos os seus amigos na praia enquanto eu grito "olha a laranja! Olha a pera!" – reagiu ele, rindo e me fazendo rir.

– Vendo desse prisma... – concordei.

– As duas principais feiras dele eram sábado e domingo. E quando ele passou a me levar era só pra eu conhecer o trabalho dele. Mas aí o véio viu que eu nasci pra vender e não me deixava faltar às feiras do fim de semana – completou, soltando uma gargalhada daquelas que vêm com vontade, que contagiam a todos em volta.

Desde então ele bate o ponto com o pai na feira, faz sapateado na Barra, teatro musical perto de casa e ainda pinta nas horas vagas.

Pintava umas telas muito lindas, ele me mostrou. Pavão retratava, com sua arte, o dia a dia da comunidade, com crianças soltando pipas, velhinhos jogando damas, o botequim cheio, o baile funk... Fiquei bem impressionada. Que menino talentoso. *E tudo o que eu sei fazer mais ou menos bem é jogar vôlei e tocar ukulele. Que vergonha.*

O Pavão é uma versão mais nova (e melhorada) do ator de Lupin, a famosa série francesa da Netflix que se baseia numa série de livros de mesmo nome. Falei isso para ele.

– Sério que tu também acha? Muita gente fala isso – ele disse, com rubor e também orgulhoso, uma mistura sensacional. – Pô, aquele negão é mó boa pinta, mano. Fico sem *gração* quando me dizem isso. Valeu.

– Valeu você – eu disse, sem nada melhor para dizer, até porque "valeu você" é absolutamente ridículo, despropositado e desnecessário.

Ele riu, me olhando com uma cara de sapequinha, e de repente o tempo deu uma parada. E ele ficou me encarando de um jeito muito decidido. E eu dei a ele um olhar de desconfiança, com cara de "não estou te decifrando, não estou lendo os sinais". Sem mais nem menos, ele segurou minha nuca e me deu um beijo.

E eu retribuí.

E quer saber? Foi muito melhor do que o beijo da Mel. Muito melhor. E não era só isso! Era meu primeiro beijo com um garoto, e eu acho, de verdade, que gostei. Acho não. Gostei. Mais do que eu jamais esperei gostar.

CAPÍTULO 19

Minha sessão era no fim da tarde, e eu não sabia o que dizer para o Renato. Na real, a verdade verdadeira era que eu não sabia o que dizer para mim mesma. A Pipa não acreditou quando eu contei.

– Você e o Pavão se pegaram? Sério? Como assim?

Minha mãe também pareceu bem chocada.

– Por que você beijou ele, filha?

– Ai, mãe, que pergunta estranha... Beijei porque... sei lá. Ele me beijou e... ah, deu vontade de beijar de volta.

Dava para ver os zilhões de pontos de interrogação na testa dela.

– Não faz essa cara, vai – pedi.

Ela sorriu amorosa.

– Quando é que você tem Renato mesmo?

– Hoje.

– Aleluia, Senhor! – ela disse, debochada.

– Palhaça! – reagi, com uma careta – Mãe... eu, eu tô me descobrindo.

Ela assimilou a frase em silêncio, respirou fundo para assimilar mais um pouco e então disse, escolhendo cuidadosamente as palavras:

— Tô entendendo, filha, e tá tudo certo. Mas achei, pelo seu discurso, que você já tinha se descoberto.

— É que...

— Ei! Não tem nenhum tipo de cobrança ou julgamento nisso, tá? — mamãe me cortou. — Não precisa se defender ou se justificar.

Eu tenho a melhor mãe do mundo, sério.

— Já disse que te amo hoje? — falei, voando para cima dela com um sorriso de orelha a orelha.

— Ainda não — disse ela, me abraçando de volta e me enchendo de beijos.

Era muito doido me perceber e me sentir mais leve depois do acontecido com o Pavão. Ele, aliás, ao contrário da Mel, aquela sem coração e sem noção, me escreveu quando chegou em casa e ficamos conversando até a madrugada. Ele estava lendo *Cartas para minha avó*, e eu, *Pequeno manual antirracista*, ambos da deusa Djamila Ribeiro. Fiquei chocada com a coincidência. Então emendamos em assuntos sérios, falamos de machismo, racismo, jogos, cultura, política, economia... *Que cara maneiro,* pensei, antes de desligar o telefone e ir dormir.

Acordei com uma mensagem surpreendente.

MEL
Me liga quando acordar? Quero pedir desculpa.

Não sei se pela mágoa ainda estar gritando dentro de mim, pelo beijo com o Pavão ou pela raiva que eu ainda sentia da Mel, eu fiz questão de visualizar e fechar comigo: "não vou responder", eu disse para mim mesma. E assim fiz, ficando em paz pela primeira vez em muitos dias.

 Receber a mensagem dela fez bem para o meu ego? Fez, claro. Ainda queria ver a Mel, não naquele momento, claro, mas num futuro próximo, como uma pessoa boa que teve atitudes equivocadas. Mas naquele momento eu queria me respeitar mais, me amar mais. Por isso, qualquer contato com a Mel estava fora de cogitação.

PAVÃO
Bom dia, flor do dia 🌼

 E não é que peguei meus olhos sorrindo?

NATALI
Eu amo 🌼 😍

PAVÃO
Que bom! 🥰 🙌 *Aulão de charme no Viaduto de Madureira amanhã com um camarada meu. Depois tem baile. Anima?*

 Que coisa louca aquele cara na minha vida de repente, mexendo em toda a poeira mental que eu tinha deixado embaixo do tapete do meu cérebro, bagunçando crenças e certezas sem o menor pudor. *Que demais ir a um aulão no Viaduto de Madureira!* Topei na hora.

PAVÃO
Chama a Pipa.

Chamei. Quando ela foi pedir para a mãe, tia Naná não só deixou a filha ir como se animou total para levar a gente e fazer a aula. Ela era louca para conhecer o famoso viaduto e disse que ia ficar longe da gente, para a gente não se preocupar com eventuais micos maternos. Amo tia Nanááá.

Contei para o meu pai sobre o Pavão e ele ficou tão feliz que nem conseguiu disfarçar.

– Olha aííí! Olha que bacana! Coisa boa, filha! – celebrou. – Sinal de que nossas conversas te abriram a cabeça, né?

– Não sei, pai. Sei que eu quis experimentar. Pra ver. Brigada.

– Então v-ocê... você não é mais... lésbica? – perguntou, cheio de dedos.

Respondi que era um saco aquilo de ter que me colocar numa gaveta, numa letra, num rótulo, numa das cores do arco-íris.

Eu seguia leve e feliz, mas quanto mais chegava a hora da minha sessão de terapia, mais tensa eu ficava. Não sei o que tinha no meu rosto de diferente, mas a fisionomia do Renato mudou quando ele me viu sentada na sala de espera.

– Que foi? – perguntei, ao estranhar a cara do meu terapeuta.

– Nada. Você que parece ter novidades – disse ele, enigmático, abrindo a porta para que eu entrasse no consultório.

Não era de ficar muda na terapia, nunca fui. Mas naquele dia sentei no sofá e fiquei quieta. Foi estranho. E para cortar a estranheza perguntei como estava o Renato, comentei que notei que ele tinha tirado a barba e que eu gostava dele com barba, perguntei dos cachorros dele, da semana dele, da família dele.

– Agora que você já sabe como foi minha semana, pode me contar da sua?

– P-posso, claro – respondi.

E então um silêncio. Novo e um pouco mais demorado, já que eu não tinha mais o que perguntar dele. Estalei meus dedos de nervoso enquanto observava os vasos de planta do consultório.

– Aquela planta ali tá precisando de água, hein? – comentei.

Ele seguiu sério, olhando para mim com cara de psicólogo, e eu fiquei envergonhada. Mas do que eu tinha tanta vergonha? Eu ia uma vez por semana conversar com aquele psicólogo havia cinco anos e ele me ajudava tanto, tanto. Era só abrir a torneira e falar.

Suspirei. Agora olhando para a almofada em que eu estava mexendo, apoiada sobre minhas pernas cruzadas.

– Eu... eu... nossa, aconteceu tanta coisa...

– É?

– É...

– E por que você ainda não falou nada dessa tanta coisa?

Porque era complicado falar e também entender o que eu estava sentindo. E ainda tinha que organizar as ideias.

– Ah... não sei. Não sei como você vai encarar os últimos acontecimentos.

– Eu? Sua preocupação não deve ser comigo. Tá difícil falar dos últimos acontecimentos?

Envergonhada, fiz que sim com a cabeça, os olhos baixos, sem a menor condição de encarar o Renato.

– E por que você acha que está se sentindo dessa forma?

Com os ombros, dei a entender que não fazia ideia de por que estava tão travada para botar tudo para fora. Logo eu, sempre tão cheia de textões.

– Eu... eu... o doido é entender que... é acreditar que... – pausei. Pedi água, ele trouxe. Respirei fundo e prossegui. – Renato, eu... eu acho que eu tenho uma chance.

Depois de uma breve pausa, ele perguntou:

– Chance? Chance de quê?

– De ser hétero.

Sim. Eu falei isso. E mais um pouco.

– De tudo ter sido um imenso delírio.

Renato não perdoou.

– Interessante escolha de palavras, Natali. Chance. Delírio. Palavras fortes, não?

Fiquei muda olhando pra ele, mas concordando, mesmo que a contragosto, 100% com aquele preciso parecer. Ele acertou na mosca. Mas não parou por aí.

– Falando assim, parece que você tá se referindo a algum defeito em você, a algo que precisa ser consertado. Algo que não é certo, ou é ilegal. Algo que não é... aceitável.

Eita que o Renato me pegou de jeito.

– Aceitável é uma palavra forte – comentei.

– Eu sei.

Baixei a cabeça de novo. Tinha uma furadeira na lateral da minha cabeça insistindo em furar meu cérebro. O fura-fura continuou:

– Se não é aceitável, Natali, não é aceitável pra quem?

NATALI E SUA VONTADE IDIOTA DE AGRADAR TODO MUNDO

Meu queixo caiu 12 metros de altura. Era uma pergunta curta, objetiva e tão, tão complexa para ser respondida.

– Renato – comecei, puxando o ar pela boca com leve dificuldade –, eu tenho uma família complicada. Meus avós, você sabe, são cheios de conceitos e preconceitos e a tia Sayô e o tio Alberto sempre foram evidentemente homofóbicos. Tá, tia Sayô menos. Se faz de moderninha, mas é preconceituosinha. Olha eu julgando, tadinha! Eu que vivo falando para não julgar!

E então eu suspirei com vontade, soltando todo o ar dos pulmões lentamente.

– Vamos lá – disse Renato. – A Sayô é quem a sua tia Bô chama de "infeliz", e você já soltou aqui que concorda com essa avaliação. Tio Alberto você já chamou de desaplaudido algumas vezes. Seus avós... eles são de uma geração anterior a do seus tios, o machismo, o preconceito são estruturais mesmo, estão nas raízes da geração deles. Você tem certeza de que vai guiar sua vida a partir das expectativas da sua família? Desses parentes? Todo mundo julga, você também já disse isso aqui. Você os julga, mas eles ouvem seu julgamento e seguem a vida deles como eles querem. Você vai mudar tudo? Parar de acreditar em tudo que você trabalhou tanto para acreditar?

– Mais que isso... Pra aceitar... – eu disse baixinho.

– Pois então...

Levantei a cabeça e, sentindo meus olhos se encherem de água, fiquei olhando séria para ele, suspirando de novo. Era que...

– Na real... tem o meu pai.

– Seu pai, exato. Você não me contou sobre seu fim de semana com ele depois que ele ficou sabendo.

Baixei a cabeça. Aquela sessão era, definitivamente, a mais difícil da minha (longa) história até ali.

— Foi confuso — desabafei. — Por mais que ele tentasse me mostrar que estava de boa comigo, parceirão, eu tive a nítida sensação de que ele daria tudo para que eu fosse hétero. Não acho que ele tenha algum preconceito comigo, mas acho que ele não se sente confortável no papel de pai de lésbica, sabe?

— Entendi... Então o seu pai e as crenças dele é que vão guiar a sua vida a partir de agora? — ele falou, com uma serenidade absurda. — É isso?

Uau. Aquilo era o que eu chamava de instigação. Deu certo. Sinos bem antigos e barulhentos tocaram bem no meio dos meus tímpanos na mais deplorável sintonia, o volume nas alturas. Aquilo era tão verdade... Eu não podia guiar a minha vida pelas crenças de ninguém. Eu preferia acreditar que meu pai tinha só me feito repensar, expliquei isso ao Renato.

— E aí eu conheci um garoto. E gostei dele e até beijei ele. E amanhã vou sair com ele. Acabou a sessão?

Ele riu, mas logo parou, sem deixar a conversa perder o foco.

— Que garoto?

— Do sapateado da Pipa. Eu... eu conhecia ele de uma outra vez que fui com ela na aula, e ele é bonito e tal. E eu achei que meu pai tava certo, que eu tinha mesmo que ficar com um garoto para entender realmente quem eu sou.

Eu parecia um robô falando. Eu me sentia como se eu quisesse acreditar naquilo.

NATALI E SUA VONTADE IDIOTA DE AGRADAR TODO MUNDO

— Bom, Natali... Se você está respondendo a uma demanda que não é sua, sabe que isso vai acarretar um custo emocional pra você, não sabe?

— Custo emocional? Como assim? Como é que é isso?

Ele explicou pausadamente.

— Violar sua natureza e seu desejo tentando responder às expectativas de outras pessoas pode custar caro pra você, emocionalmente falando. A curto prazo, inclusive. Você pode se sentir culpada, triste ou deprimida por tentar fazer algo que não tem a ver com você. E não é só sobre você, é sobre mexer com as expectativas de outras pessoas no futuro, você pode magoar pessoas, tentando ser quem você não é, já pensou nisso?

Admiti, envergonhada, que não.

— Então. Imagina se esse garoto se apaixona por você? Você vai estar fazendo com ele o que a Mel quis fazer com você e te magoou tanto. Ou tô enganado?

Meu estômago começou a queimar. O Renato não estava nem um pouco enganado.

— Ele não vai se apaixonar, ele é pegador — eu disse, só para não deixar o silêncio e a percepção daquela realidade 100% possível de acontecer me queimarem por inteiro.

— Como você sabe?

— S-sabend... não sabendo — respondi, sincera e dolorida.

— Cuidado, Natali. Com os outros e com você — disse Renato. — Vamos ficar por aqui hoje. Temos semana que vem, mas se quiser antes ou qualquer coisa, já sabe.

— Eu te chamo no WhatsApp.

Na noite seguinte, contabilizando dez mensagens muitíssimo ignoradas da Mel, eu me arrumava bem linda para um show e um baile charme no meio da semana, em Madureira, bairro onde nasceram Portela e Império Serrano, duas das principais escolas de samba do Rio. Natali também é cultura carnavalesca, embora eu odeie Carnaval e a suadeira que ele causa nas pessoas.

Botei um vestido preto com um Jordans que tinha ganhado no último aniversário. E uma gargantilha de pedrinhas discreta. Soltei o cabelo sempre preso num rabo sem graça.

– Uau. Cabelo solto? É isso mesmo? – disse Belinha, ao me ver.

– Tá linda, filha – elogiou mamãe.

Sorri, genuinamente feliz.

– Será que hoje tem alguma gatinha por lá e vocês...

– Belinha! – gritei.

– Gatinha não, mas gatinho tem. Ou gatão, porque sua irmã não entrou em detalhes.

– O quê? – fez Belinha, a cara toda franzida, a boca escancarada. Aquela era claramente a notícia do milênio para a minha irmã fofoqueira.

No carro, a caminho de Madureira, conversei bastante com a tia Naná e a Pipa sobre minha sessão com o Renato. Elas, claro, concordaram com ele e se solidarizaram com a angústia, as dúvidas e incertezas que coabitavam dentro de mim.

Foi bom me ouvir falar e pensar sobre a sessão do século com meu terapeuta.

– O Pavão é metido, mas é mó da hora. E, ao contrário do que você pensa, ele pode se apaixonar, sim, por você. E ele não merece sofrer – disse Pipa. – Como você não merece. Nem pela Mel, nem por ninguém.

Foi muito bonitinho ver os olhos da tia Naná sorrindo para os meus no retrovisor ao ouvir o ensinamento da Pipa. Um olhar de "*tamos* contigo, não esquece". Linda. Família. Pisquei pra ela uma piscada de "eu sei. E amo muito isso".

Combinei com o Pavão de encontrá-lo perto de um trailer de cachorro-quente e lá estava ele, todo estiloso de camisa de botão de manga curta estampada, bermuda jeans desfiada, corrente prateada pendurada no pescoço, mexendo no celular. *Que bonito...*

Quando eu, Pipa e tia Naná andávamos na direção dele, da oposta vinha uma menina linda, alta, cabelo bem comprido e cheio de tranças, short de cintura alta, um top vermelho de paetê e tênis segurando um cachorro-quente em uma das mãos e um refrigerante na outra. Parecia uma modelo, e ainda tinha a mesma boca absolutamente perfeita do Pavão. Epa, ela... ela é a Maria, constatei, ao vê-la entregando o sanduíche para o irmão e dando um abração nele.

– Maria, essas são a Pipa, a Natali e a Naná. Gente, essa feiona aqui é minha irmã.

Quando ela sorriu eu senti meu coração acelerar de um jeito que não acontecia fazia muito tempo. E eu agora sabia direitinho reconhecer e, acima de tudo, nomear aquela quentura que subia do nada pelo corpo, do coração batendo rapicão, da vontade de suspirar, de não querer piscar para não deixar de ver tanta beleza por nem um segundo... Maria era encantadora. Era a palavra que melhor a definia. *Quem é Mel mesmo?*, debochei internamente.

O problema é que a sensação maravilhosa e libertadora que me invadiu o peito também acendeu uma luz vermelha no meu cérebro. *O que o Renato falou na sessão está prestes a acontecer.*

Pavão veio me dar um beijo na boca e eu o afastei, deixando-o sem entender nada. E ali eu entendi que eu não estava confusa. Eu estava certa. Muito certa. Certa de mim, certa de quem eu era. Disse a ele que depois explicaria, dei na sua bochecha um beijo carinhoso e fomos dançar. Definitivamente, eu não queria ser a pessoa que faz um garoto incrível desses sofrer.

Eu tinha que jogar limpo com o Pavão, dizer a ele que não queria perdê-lo de vista, mas que naquele momento eu estava passando por um profundo processo de autoconhecimento e estar com alguém não facilitava para mim, eu precisava me entender sozinha. Ficar só comigo. Depois do aulão, que foi maravilhoso, por sinal, fui para um canto conversar com ele.

Não contei que Maria mexeu comigo. Logo, também não contei que eu adoraria conhecer melhor a irmã dele e, quem sabe um dia, ser cunhada dele, não namorada.

Pavão era tão fora da curva que, elegantemente, não fez perguntas, não quis saber de absolutamente nada. Disse que gostava de estar perto de mim e que isso bastava. Não precisava ficar comigo para se sentir bem.

NATALI E SUA VONTADE IDIOTA DE AGRADAR TODO MUNDO

– Claro que te beijar é mais gostoso do que não te beijar – disse ele, tão querido. – Mas eu me adapto fácil – completou, com um sorrisão sincero. E assim, de forma madura e simples, eu entendi que não precisava de Mel, Pavão ou Maria para que eu me entendesse. Não era sobre eles. Era sobre mim. Eu nunca estive tão certa de uma coisa na vida.

CAPÍTULO 20

Quando o último ano escolar finalmente começou depois das férias mais movimentadas da minha vida, eu e Pipa estávamos mais grudadas e cúmplices do que nunca. Uma semana antes de as aulas recomeçarem na escola, ela se matriculou na minha turma de vôlei de praia. Já eu, amarelei mais uma vez e não entrei no sapateado com a desculpa de que eu não queria parecer uma girafa com pulga no rabo.

Ainda nas férias, Mel tanto insistiu para me pedir desculpas olhando nos meus olhos que marquei com ela na minha casa. É, na *minha* casa. Depois de tanta insistência, eu não podia ser cruel, não podia deixar de dar a ela a chance para se redimir comigo. Ela era minha amiga há anos, afinal de contas.

Mel bateu lá em casa desarmada, dava para ver no semblante dela que seu intuito não era me deixar confusa ou me fazer propostas absurdas.

– Não quero discutir a relação, fica tranquila – começou. – Eu só quero que você saiba que meu amor por você não mudou nada. O que eu sinto por mim que mudou... Fiquei com vergonha de mim, sabe? E não foi nada bom me constranger comigo mesma. Fiquei me perguntando que Mel era aquela que agiu com você – terminou, caindo no choro.

Eu sabia que ela não era má pessoa. A gente erra, pô.

– Que bom que você não é perfeita – falei.

Ela sorriu, com um pinguinho de vergonha que eu, que a conhecia há anos, vi no preto dos seus olhos.

– Me desculpa?

Não sou a favor do perdão para tudo e todos, não, me julgue. Mas nesse caso, revendo tudo e entendendo que todas éramos jovens nos descobrindo e nos entendendo como quase adultas, disse, com todo o meu coração:

– Claro, Mel. Vem cá – disse, puxando minha amiga para um abraço.

Conversamos e recomendei que ela fizesse terapia. Ela me contou que nunca tinha se interessado por meninas, mas que sentiu vontade de me beijar, não sabia exatamente por quê. Se tinha sido por mera curiosidade, por algum interesse maior ou meramente para se conhecer melhor.

– A nossa amizade é uma das coisas mais importantes do mundo pra mim, Nat. Eu não sei como eu tive coragem de botar toda a nossa história em risco.

Evidentemente que as coisas não voltaram a ser exatamente como antes entre mim e a Mel. Nem entre ela e a Pipa, na real. Organicamente, Mel, Pipa e eu deixamos aos poucos de ser um trio inseparável. Seguimos amigas, claro, mas cada vez menos confidentes e menos grudadas.

O Pavão e eu voltamos a nos aproximar uns três meses depois, quando ele me chamou para ver uma apresentação especial da turma de sapateado em sala de aula mesmo. Achei fofo o convite e fui.

Como eu estava cada vez mais confortável na minha própria pele (viva eu e viva o Renato), achei por bem, depois da apresentação, entre um suco e outro, contar para o Pavão que sou gay. Era impressionante o pouco tempo que a gente tinha de amizade e o quão à vontade eu me sentia com ele. Era como se fôssemos amigos há anos.

– Eu imaginava – disse ele.

– Sério? Por quê? Tenho jeito de sapa?

É. Eu me referi a mim mesma como sapa. E curti.

– Nem um pouco. Pelo menos pra mim.

– Então por quê? Foi meu beijo? Beijo de gay que não resistiu ao seu charme? – tentei fazer piada.

Ele riu só para não me deixar sem graça com minha falta de graça. Serenamente, explicou:

– Nada disso – ele disse. – Eu só vi o jeito que você olhou pra Maria no aulão no viaduto.

Eu queria evaporar. Mil bolas cortadas por mil jogadores imaginários atingiram minha cabeça ao mesmo tempo. Eu não tinha ideia do que dizer para ele. Vendo meu constrangimento, Pavão falou por mim.

– Precisa dizer nada não. Relaxa.

Abracei meu mais novo amigo de infância e pedi sinceras desculpas.

– Desculpa? Tá doida? Desculpa por quê?

NATALI E SUA VONTADE IDIOTA DE AGRADAR TODO MUNDO

E então ele me abraçou mais. Pavão era um cara tão maneiro. Os playboys da zona sul tinham tanto a aprender com ele... sobre empatia e educação a gestos e atitudes cheias de doçura. Aquele garoto era de ouro e ia dar muito orgulho aos pais, eu sentia isso.

– Fica tranquilo, eu... eu nunca mais falei com a sua irmã, tá? – fiz questão de dizer, quase que com vergonha.

Eu tinha trocado telefone com a Maria depois da noite sensacional que tivemos juntas. Ela arrasava dançando, como o irmão, e me ajudou muito a seguir os passos corretamente. Lembro do arrepio que percorreu minha espinha quando uma hora ela pegou minha mão para me guiar na coreografia. Eu estava gelada, morri de medo de ela notar. Se notou, não fez nenhum comentário, era elegante e educada como o irmão.

Quando a gente se despediu, junto do beijo ela me deu um cheiro no cangote inédito. E eu adorei. Ela explicou que o pai era de Sobral, no Ceará, e trouxe para solo carioca esse hábito tão carinhoso de lá. Quando fui cheirar de volta ela já estava se afastando, mas como viu que eu, atrapalhada, cheirei mesmo o seu cabelo, voltou e afastou a vasta cabeleira trançada para me oferecer gentilmente a lateral do pescoço. E então eu senti o perfume delicioso dela. E derreti. Pelo visto, eu não era boa em disfarçar sentimentos.

– Ei... a vida da minha irmã é dela e só diz respeito a ela, tá ligado? – disse Pavão, me deixando aliviada. – Eu acho a Maria muito criançona, toda ingênua e na dela, só tem tamanho, na real, mas posso estar errado, tá ligado?

– Brigada, Pavão.

— *Magina!* Só não quero que você me veja como um empecilho, caso você queira entrar em contato com ela.

— S-sério? Você não ia ficar chateado?

— Por quê?

— Porque você já ficou comigo, ué — respondi, sincerona.

— Claro que não, Nat, a gente só ficou uma vez, né? A Maria faz 18 já, já. A vida dela é dela. E a minha... é bem melhor com você por perto.

— Ownnn — fiz, dando nele um abraço apertado.

— Sem nenhuma conotação romântica, tá?

— Eu sei — disse sorrindo, com a voz abafada pelo nosso abraço. — Ela... ela é gay? — perguntei na lata.

— Menor ideia — respondeu ele. — Eu deveria saber?

Eu não sabia o que dizer.

— Sua família sabe? — ele perguntou em seguida.

— Parte dela. E, na real, eu não quero contar tão cedo pra mais ninguém. E também não quero mais correr o risco de me apaixonar de novo por uma garota hétero. Dá muito trabalho — brinquei. — Deixa a Maria se entender e aí, um dia, quem sabe. Por enquanto tô muito bem assim.

Depois do papo maravilhoso, fui para casa feliz, eu estava cada vez mais leve, com a ajuda do Renato, dos meus amigos e da parte da minha família que sabia tudo. Veja você, um beijo na boca equivocado acabou me rendendo um amigo.

O que eu não falei para o Pavão foi sobre a chegada da Virginie na minha vida, uma deusa nórdica de 1,90 metro que tinha entrado no vôlei de praia fazia um mês e abalado totalmente a minha estrutura.

NATALI E SUA VONTADE IDIOTA DE AGRADAR TODO MUNDO

Ao contrário de mim, com minhas (escassas) experiências no quesito beijar garotas, ela parecia saber exatamente quem era e o que queria. E como me olhava! Era só seus olhos alcançarem os meus que eu me tremia toda. Ela era mais velha, tinha 19 anos, voz de aeroporto e era, de longe, a melhor levantadora não profissional que eu já tinha visto em ação.

Era feriado de Semana Santa e meus avós resolveram turistar em Tiradentes. Tia Bô, então, resolveu chamar as irmãs para almoçar no domingo uma moqueca de peixe com camarão de comer rezando, que ela mesma tinha preparado, com a receita de um boy chef com quem ela estava saindo.

Foi bom porque sem meu pai e o tio Alberto (que tinha ido almoçar com a família) as três irmãs com S se divertiram como eu nunca tinha visto. Riram, gargalharam, trocaram confidências e abusaram do vinho, dava para sentir pelos decibéis das vozes.

Estávamos no quarto da Bô eu, Pablo, Enrico e Belinha quando tia Sayô adentrou visivelmente alterada, com a voz levemente arrastada.

– Você é gay e eu sou a última a saber? – perguntou ela, sem nenhum preparo, sem respirar.

Mamãe chegou logo atrás.

– Você é gay? – perguntou Pablo.

– Você é gay? – repetiu Enrico, apontando o dedo para mim e rindo de se sacolejar.

– Enrico! – brigou tia Sayô. – Tá rindo de quê, moleque? Não foi essa a educação que eu te dei.

Enrico se calou na hora. E ainda levou um chute ridiculamente forte de Belinha, fofa, me defendendo. Ele nem chiou.

Olhei com ódio para a mamãe, que estava com os olhos culpados, culpadíssimos.

– Foi o vinho – argumentou minha progenitora, visivelmente constrangida.

– Eu vou te matar, mãe! – falei, raivosa, saindo do quarto para jogar uma água na cara no banheiro. – Você não tinha o direito de contar. Não tinha o direito! Se não sabe segurar a língua na boca, *não bebe!*

Em casa mamãe pediu mil desculpas, e ainda disse mais:

– Olha aí, agora só tio Alberto e seus avós não sabem. Você deveria me agradecer.

– Tia Sayô é homofóbica, mãe.

– Acho que não. Ela não foi em nenhum momento hoje. Pelo contrário, ficou genuinamente interessada por você, preocupada com sua cobrança com você mesma...

Foi bom ouvir aquilo.

– Eu... eu estraguei a Semana Santa? – enfim criei coragem para perguntar.

– Você não estraga nada nunca, meu amor.

VIRGINIE
Topa bater uma bolinha na praia depois que o sol se puser ou comeu demais no almoço? hahaha

NATALI E SUA VONTADE IDIOTA DE AGRADAR TODO MUNDO

O meu coração acelerou do 0 para 150 quilômetros por hora, sem exagero.

NATALI
Agora?

VIRGINIE
S

Chamei a Pipa para ir comigo e ainda bem que ela se empolgou, porque ao chegar na praia eu murchei quando dei de cara com a Virginie toda chameguenta com um garoto que devia ter uns 22, 23 anos.

– Oi, gente. Esse é meu irmão, Wlad.

Ufa!, comemorei em pensamento. Ao contrário de Maria, eu não tinha dúvida sobre Virginie, não me pergunte como, mas não tinha.

Wlad não era bonito como a irmã, mas tinha um não sei o quê que o tornava magnético. Pipa ficou bem animadinha com a presença dele, eu conseguia sentir sem nem precisar olhar na cara dela, apenas ouvindo sua respiração. Montamos as duplas. Eu e Virginie, claro, Pipa e Wlad.

Com a levantada zero defeitos da Virginie, não deu outra: eu e ela ganhamos de lavada, e olha que o Wlad era alto e jogava superbem, hein? Ela recebia bem a bola e me passava com perfeição, e a cada ponto a gente comemorava com um abraço apertado.

O corpo suado dela colado no meu era bom como mate com bastante gelo num dia de sol. Virginie tinha os cílios tão loiros que mal dava para ver. Então seus olhos, duas lanternas profundamente azuis, ficavam meio que sem moldura, mas, mesmo assim, permaneciam hipnóticos. Pelo menos para mim.

Fomos muito parceiras em quadra, bonito de ver. Combinamos jogadas, trocamos olhares e sorrisos cúmplices e confiamos bastante uma na outra. *Dupla imbatível*, ela sussurrou no meu ouvido quando comemoramos o penúltimo ponto antes da nossa vitória acachapante.

Ao final da partida, Virginie, em vez de me abraçar, me pegou no colo, e eu fui com tudo, enrolando minhas pernas compridas e ossudas na sua cintura. Fiquei bem encaixadinha, aconchegada, a melhor sensação do mundo. Até fechei os olhos para desfrutar melhor daquele momento leve, livre, perfeito. Nosso coração batia acelerado em compasso, nossas respirações ofegavam no mesmo ritmo.

Já passava das oito da noite quando fomos até o calçadão para nos despedir.

– Por que você não leva a Pipa em casa, Wlad? – sugeriu Virginie. – Tenho uma coisa para falar com a Natali. É só atravessar a rua que ela já tá no condomínio dela. Te espero aqui.

– Claro, com prazer – disse Wlad, fazendo Pipa sorrir.

Ela, que não é boba nem nada, deu a mão para ele antes de atravessarem a rua, coisa mais empoderada e decidida essa minha amiga. Eita que ia rolar alguma coisa ali, e eu estava tão feliz por eles! Fiquei olhando para os dois feito boba e fui surpreendida por Virginie.

– Coco? – ela perguntou, já sentando-se na mesa do quiosque onde estávamos em frente com dois cocos na mão.

Uau, que ligeira, pensei.

– Claro – respondi enquanto me acomodava na cadeira. – Então... Fiquei curiosa – confessei, após dar meu primeiro gole de água de coco. – O que você quer falar comigo?

– Um segredo.

– Amo segredos – disse, tentando não demonstrar que eu estava toda tremelicando por dentro.

– Eu sou hermafrodita – ela disse.

HÃ?

– Oi?

– Tô zoando – revelou, rindo.

Virginie tinha os lábios fininhos e o maxilar bem marcado. O cabelo liso sempre preso em tranças impecáveis era de um loiro bem claro, assim como os pelinhos dos seus braços. Sim, eu reparei nos pelinhos dos braços dela. Após um breve momento do que parecia um charme dengoso, Virginie enfim falou, com a tranquilidade na voz grossa e rouca:

– Queria só saber se você tem namorada. Ou namorado...

Engoli em seco. Nunca ninguém tinha sido tão direto assim comigo. Minhas mãos gelaram, e não foi por causa da brisa que vinha do mar. Eu me arrepiei *in-tei-ra*.

– N-não – respondi. – Nem um nem outro.

Então ela sorriu com o rosto inteiro. Assim como Wlad, ela não era bonita, mas tinha um charme, uma elegância, uma presença... Era uma deusa da beleza sem ser, nem de longe, a definição de bela.

— Que foi? — perguntei, diante do sorriso que não saía da cara dela.

— Tô feliz, ué.

Ah, que lindaaaaa!

— P-por quê? — indaguei.

Foi a minha vez de fazer charme dengoso. E eu estava muito dengosinha, estava mesmo. Por dentro eu estava toda *Hihihihihi! Isso não tá acontecendo! Não! Tá, sim! Isso tá acontecendo sim!*

E meus ouvidos logo em seguida ouviram a frase que soou como música bonita.

— Porque eu vou poder te chamar pra sair, ué. Ah... é isso.

Enquanto Virginie dizia essas palavras preciosas, ela pegou na minha mão e, carinhosamente, deslizou os dedos sobre ela, sem tirar as lanternas azuis dos meus olhos. E assim, sem culpa nem medo, sem vergonha ou preconceito, Virginie se aproximou de mim, lentamente. O meu coração batia tanto que parecia querer sair do top.

Antes de me beijar, ela segurou meu rosto e ficou me olhando um tempinho que durou infinitos segundos cheios de estrelinhas saltitantes. Meu Deus, eu estava ridiculamente romântica de novo.

Foi inevitável sorrir enquanto ela me olhava com tanto carinho e admiração (é, deu para sentir que ela me admirava. Pelo quê, não sei, mas me admirava). O aqui e o agora nunca tinham sido tão mágicos. Ali, em plena orla da Barra da Tijuca, com as mãos entrelaçadas e os olhos grudados nos olhos uma da outra, Virginie e eu nos beijamos.

E eu me entreguei ao definitivamente melhor beijo da história da humanidade. Delicado, macio, suave, afetuoso. Depois do primeiro, veio o segundo, com mais vontade, com mais língua, mais intensidade, mais afeto, com minhas mãos deslizando pelo cabelo loiro dela, as dela fazendo o mesmo com o meu. Era como se não tivesse ninguém a nossa volta. Só eu e ela, só ela e eu.

E quer saber? Em nenhum momento pensei na Maria. Ou na Mel. Revendo o papel da irmã do Pavão no roteiro da minha história, aliás, entendi que ela foi só aquela personagem que faz a protagonista se entender, ou melhor, se encontrar, encontrar sua verdade. Até porque, como eu disse para o Pavão, eu não queria mesmo correr o risco de me apaixonar por outra garota hétero, ou que ainda não tivesse se descoberto.

Virginie era, naquele momento, a pessoa mais certa, a causa que eu queria abraçar, a hashtag que eu defenderia com afinco até o fim dos meus dias, a minha bandeira.

– Amanhã bora jogar de novo? – sugeriu ela.

– Bora. Se quiser passar antes lá em casa pra me ensinar a fazer essas tranças maravilhosas, vou amar – falei, dando um sorriso bobo.

– Fechado – disse ela, me dando mais um beijo. – Você beija gostoso – completou, me fazendo levitar. Sério, serião, eu senti meus pés literalmente levantarem do chão e minha bunda da cadeira, tudo formigando, uma loucura muito boa de sentir.

E então Wlad chegou.

– Bora, Vi?

– Bora. Ó! Combinei com a Nat, amanhã aqui no mesmo horário. Pronto para ser humilhado de novo?

– Jamais. Amanhã é a nossa vingança – respondeu ele.

O Wlad tinha uma vespinha branca e vermelha que era um charme. Sentada na garupa, antes de botar o capacete, Virginie me chamou para um estalinho. Meu Deus, que garota decidida e segura e madura e tudo de mais lindo! A moto partiu e eu atravessei a avenida Lúcio Costa. Estava levitando de novo.

Cheguei em casa e fiquei horas com a Pipa no celular contando a experiência mais inesperada, inusitada e inédita que tinha vivido até então.

– Desde a hora que ela entrou na aula eu peguei vocês se olhando, eu sabia! – disse Pipa.

– Daí a ela me beijar e me arrebatar desse jeito eu achei que teria muita estrada, né?

– Vocês estão namorando? Será?

– Não faz pergunta de Enem, garota – brinquei. – Um dia de cada vez!

Contei as horas e os minutos para ver e beijar a Virginie de novo. Ficamos teclando até de madrugada, e ela era sarcástica como eu, debochada como eu e mais divertida do que jamais pensei que fosse.

No dia seguinte, quando Virginie chegou lá em casa e me cumprimentou com um beijo delícia, entendi que eu não desgrudaria daquela garota tão cedo. Como eu sabia? Sabendo. Era simplesmente a melhor coisa do mundo ficar com ela, ver a vida passar com ela, dançar com ela, ver série com ela, conversar com ela, respirar o mesmo ar que ela. Tão bem resolvida e dona de si, ela tinha muito, muito a me ensinar.

NATALI E SUA VONTADE IDIOTA DE AGRADAR TODO MUNDO

Belinha estava na casa de uma amiga e minha mãe tinha ido visitar um cliente. Estávamos a sós quando ela começou a me beijar suavemente, com todo o carinho. Ela riu ao sentir minha nuca arrepiada. Deitamos na minha cama enquanto nos beijávamos sem parar, delicada e vorazmente ao mesmo tempo. Meu celular tremeu quando a mão de Virginie já estava embaixo da minha camiseta.

PIPA
Tô na porta. Partiu praia?

Mostrei para Virginie a mensagem e rimos juntas da falta de timing da Pipa. Eu estava de um jeito inédito. Sentindo o que eu tanto ouvia falar, mas não entendia direito (só fingia que entendia): o tal do tesão. Me recompus rapidamente, ela também, e fomos encontrar a Pipa no meu portão. De mãos dadas. Antes de abrir a porta, ela me puxou e perguntou, sem ensaio:

– Quer namorar comigo?

Uau. Eita. Vixe. Uau, eita e vixe.

Agora, em vez de contar que sou gay para o restante da minha família, eu tinha que contar para eles – e para minha mãe, Belinha, Bô, Sayô e, *glup*, meu pai – que não só eu gostava mesmo de garotas como tinha uma... uma... *namorada*. E que nunca tinha sido tão bom viver.

CAPÍTULO 21

Pedi para a minha mãe fazer uma feijoada no fim da semana seguinte. Ela tinha preguiça, mas quando despreguiçava fazia a melhor do mundo, sem brincadeira. Para mim nunca teve comida melhor do que feijão. Feijão, linguiça, paio e farofa é a mais sensacional combinação gastronômica já inventada. E como eu estava finalmente vivendo o melhor momento da minha vida (a paixão é um troço muito maravilhoso mesmo), tinha chegado a hora de, com a melhor comida, apresentar a melhor pessoa do mundo para a minha família.

Isso mesmo, vou até repetir: eu ia apresentar Virginie, minha *namorada*, para a minha família. De novo, para não ficar dúvida: sabe a Virginie, minha *na-mo-ra-da*? Eu ia apresentar à minha família.

E, ao contrário do começo do ano, eu não estava com nem um pingo de medo ou insegurança. O problema era o meu pai.

– Problema? – Renato perguntou.

Ele era mestre em pegar as minhas últimas palavras e transformá-las em perguntas.

– Toda vez que ele fala comigo pergunta do Pavão. Ele meio que não se conforma de a gente ter virado amigo, sabe? Eu sinto que ele não tá feliz com isso.

NATALI E SUA VONTADE IDIOTA DE AGRADAR TODO MUNDO

— Hm — fez Renato. — Mas quem é que tem que ficar feliz? Você ou ele?

Que indagação simples e tão pertinente. A resposta era tão óbvia que dava até vergonha de dizer em voz alta. Então falei baixinho:

— Eu?

— Por que esse ponto de interrogação?

— Porque eu não tenho certeza?

— Natali...

Então eu chorei um pouquinho. E fazia tempo que eu não chorava. Era angustiante conversar com meu pai. Eu sabia que ele não era má pessoa, mas ele fazia questão de puxar umas conversas muuuito nada a ver. Contei para o Renato como foi a última vez que a gente se falou.

— Não é que eu não queira que você seja sapatão, minha filha. O papai quer te ver feliz, mas só acho que você sabe muito pouco da vida para decidir o que quer ser.

— Pai... Um, não é opção, a gente não escolhe isso. É *orientação*. Dois, *sapatão*? Sério?

Renato me ouviu com atenção com as mãos no queixo e ficou um tempinho em silêncio antes de se manifestar.

— Sua relação com seu pai é ótima, Nat. O pior já passou, você não acha?

Assenti.

— A verdade é que... eu fico triste com a não aprovação do meu pai. Eu só queria que ele... que ele aplaudisse a minha felicidade, sabe?

— Eu adoro as suas escolhas de palavras, sabia, Natali? "Não aprovação" e "aplaudisse". Vamos lá. Por que você precisa do aplauso dele? Ou mesmo de aprovação?

— Você me diz – brinquei. – O terapeuta aqui é você.

Ele sorriu e baixou a cabeça.

— Sério, me faz entender – pedi.

— Nat, provavelmente a conexão afetiva que você tem com o seu pai faz com que você aja como se ele estivesse sempre certo, como se a verdade estivesse com ele, entende?

Uau. Entendo super, Renato. Entendo super. Ele continuou:

— O que você não pode esquecer é que pra amar não é preciso concordar. Discordar não é sinônimo de desamor. E isso vale tanto para ele quanto para você.

Meu Deus, como é bom fazer terapia e me conhecer melhor a cada sessão. Sou muito grata aos meus pais por isso. Fui sincera com o Renato.

— Chocada com você. Acabou de me definir perfeitamente, e eu juro que vou pensar muito nisso para "internalizar", como você fala. Eu acho que você tá coberto de razão. Tirou um peso das minhas costas. Brigada, tá?

Saí do consultório certa de que eu merecia ser feliz.

— Por que você não aproveita e chama seus avós também? – sugeriu mamãe.

Xiiii...

— Ah, não, mãe. É um almoço para confraternizar com quem já sabe de mim, uma coisa de cada vez, por favor. Quero reunir vocês mesmo pra falar, responder dúvidas.

NATALI E SUA VONTADE IDIOTA DE AGRADAR TODO MUNDO

— Que lindo, minha filha. Você é muito especial – disse minha mãe, me puxando para um beijo na testa.

Por mais que trabalhasse isso na terapia, eu sabia que, mesmo não querendo admitir, eu era cheia de preconceitos, e queria me livrar deles aos poucos. Fazer minha família entender que não tem absolutamente nada demais eu ser gay era um bom começo. Eu ia fazer surpresa e apresentar a Virginie para todos.

Na sexta-feira, véspera do grande almoço, depois da aula de vôlei de praia fui para a casa da Virginie. Os pais dela tinham viajado e o Wlad tinha ido para Búzios com a Pipa (eu preciso dizer que estava *amando* esse romance da minha melhor amiga com o irmão da minha namorada? Sim ou claro?).

Chegamos no apê e minha garota botou uma playlist ótima, ela tinha um ótimo gosto musical, e estava me apresentando muita gente legal. Quando dei por mim, estávamos dançando no meio da sala.

— Quer dizer que amanhã é o grande dia? – ela disse.

— É – respondi, sorrindo de orelha a orelha.

— Tô me sentindo importante.

— Pode se sentir. Você é a minha primeira namorada. E isso é muito importante.

Virginie ficou tão feliz ao ouvir isso... Foi lindo ver nos olhos dela o quanto estava à vontade comigo, plena. Então, ela pegou meu rosto e me beijou com uma delicadeza absurda. E eu me entreguei àquele beijo com todo o meu coração. Um beijo molhado, lento, suave e denso ao mesmo tempo.

Ela tirou a minha camiseta antes de tirar a dela. Ficamos dançando na sala, à meia-luz. Na hora estava tocando aquela música que diz

"O amor é como um pedacinho de céu/ sou todo love love/ são lábios de mel". Nossos corpos vibravam no mesmo ritmo, o clima esquentou, eu me esquentei toda.

– Vamos para o meu quarto?

Concordei. Com um misto de tesão e medo muito inédito. Ela levou a caixinha de som e continuamos dançando. E de repente, ela me levou para a cama e tirou o top. E eu tirei o meu. E que delícia sentir o corpo dela assim, tão colado no meu. Era a primeira vez que ficávamos sozinhas, só eu e ela. Meu Deus, que coisa deliciosa eu estava sentindo! Que frio na barriga!

– Virginie. Eu... eu... eu sou virgem.

– Eu sei.

– Como você sabe?

– Sabendo.

– Eu tenho cara de virgem, é isso?

Virginie riu e calou minha boca com mais um beijo. Mas quebrou o clima romântico para dizer que:

– Tem. Muita cara de virgem.

Rimos juntas. Mas em pouco tempo o riso deu lugar à paixão de novo e eu vivi a experiência mais gostosa da minha vida. Tudo estava gostoso ali: beijo, toques, abraços, mordiscadas. Nossos corpos pareciam continuar dançando, agora na horizontal, tamanha sintonia, nossas respirações estavam em compasso, por mais brega que isso possa soar.

Eram muitas primeiras vezes num só dia, mas ao mesmo tempo eu estava completamente à vontade, entregue, zero nervosa e sem medo. Então Virginie colocou delicadamente a mão dentro da minha calcinha e eu senti uma onda de calor percorrendo meu corpo dos pés à cabeça. Gemi. De prazer. E assim, do nada, eu perdi minha virgindade. Foi simplesmente o dia mais maravilhoso da minha existência até então. Ficamos um tempão de denguinho na cama até Virginie sugerir uma tapioca. Enquanto ela foi à cozinha, abri meu Instagram e apareceu uma foto da Mel. Fiquei um tempo olhando e percebendo que eu não a achava mais tão bonita. Seguia bonita, claro, mas, sei lá, tinha perdido o brilho.

Virginie chegou com duas tapiocas de queijo e uma garrafa de Coca que bebemos do gargalo enquanto comíamos. Aliás, que tapioca! Não era possível, a bicha ainda cozinha, *qual o defeito dessa pessoa?*

– Que louco... – pensei em voz alta.

– O quê?

– Eu ter acabado de transar pela primeira vez e meu hímen continuar intacto.

Ela riu.

– Caraca, nunca tinha pensado nisso – confessou.

– Mas não é? As manas ficam se guardando para alguém especial, mas acho que elas nunca pensam no caso de o tal alguém não ter bilau.

– Bilau? Sério? – ela repetiu, às gargalhadas. – Bilau! HAHAHAHAHA!

– Paraaaaa, idiota!

– Você fala pepeca também? Fale agora ou cale-se para sempre.

Eu chamava de pepeca. Então fiquei muda e ela estourou em outra gargalhada. Como era lindo fazer minha namorada rir.

— Cacete, Nat – xingou Virginie. – Tudo bem, vai, ninguém é perfeito.

Rimos mais e, quando o riso cessou, deixei a curiosidade falar mais alto.

— Você... você já transou com garotos?

E ela não se intimidou nem um pouco para responder de imediato:

— Já! Claro que já. A gente faz de tudo para não acreditar que a gente é gay, né?

Dei um abração nela.

— Tão bom conversar com alguém que me entende – falei. – Eu... eu também fiquei com um garoto. Mas só beijei – revelei, sentindo minhas maçãs do rosto esquentarem um pouquinho.

— Tudo bem, amor...

Own, ela me chamou de amor. Se eu estiver sonhando não me acordem, por favor!

— Sabe que tô aqui pensando nisso de virgindade... Ano passado eu fiquei com uma menina que na hora H desistiu de transar comigo porque era virgem. Não queria que a primeira vez dela fosse com uma garota.

— Gente, que ridícula essa pessoa. E que burra – falei, rindo. – Quem perdeu foi ela. Que bom pra mim! Imagina se vocês transam, vocês se apaixonam e começam a namorar?

— Não, aquela ali era muito indecisa. No dia seguinte já tava desfilando com um garoto de mãos dadas, pagando de apaixonada. Eu fujo de garota que não sabe o que quer, sabe? Já me machuquei muito com elas. Mas tudo bem, porque *eu* também já fui indecisa. Já achei que era indecisa, melhor dizendo.

— Eu também já me ferrei com uma garota assim! – gritei, quase que comemorando o tanto de sintonia da gente, o tanto de vivências parecidas que tínhamos.

Ela me aconchegou mais um pouco no seu ombro, um ombro macio com uma pena tatuada. Pena porque, não bastasse ser gente boa, linda e superjogadora de vôlei de praia, Virginie escrevia. Poesia! *Poesia*! Eu me apaixonei por uma *poeta*! *Eu!* Tem coisa mais linda?

Depois de um período tão conturbado quanto o que eu tinha vivido recentemente, eu merecia uma paixão tranquila. Eu sei, eu sou a mãe de todos os clichês. E a vida pode, sim, ser bem boa.

Apesar dos meus inúmeros pedidos, minha escritora ainda não tinha tido coragem para me mostrar seus poemas. Disse que nunca tinha mostrado para ninguém e que ainda não estava na hora.

— Mas me fala dessa garota aí – pediu. — Ela... ela chegou a mexer com você?

Gelei.

— Mexeu.

Silêncio. Uma pausa onde um gago poderia cantar três vezes o hino nacional inteiro.

— Você... você... f-foi... apaixonada por ela?

Tímida e envergonhada como se fosse uma pecadora do Antigo Testamento, fiz que sim com a cabeça, com mil dúvidas se deveria estar falando a verdade dessa forma.

— Não sei se era paixão ou obsessão, sabe? Paixão plena mesmo é você, paixão correspondida. Cê sabe que eu tô apaixonada por você, não sabe?

— Claro que sei... – disse ela. – Ei! Tá tudo bem, Nat... – ela falou, fazendo carinho no meu rosto. – Essa garota aí tá no passado.

E então ela pausou. Foi a primeira vez que percebi Virginie insegura.

— Não tá? – completou ela.

Eu nem precisei inspirar antes de responder.

— Tá *muito* no passado. Praticamente no *século* passado! – respondi, com todo o meu coração. – A sua também, né?

— A minha não significou absolutamente nada, Nat. Tanto que depois da tal noite que não rolou eu nunca mais vi.

Ela me abraçou e ficamos abraçadas por sei lá quanto tempo. Cúmplices. Parceiras. Maduras. Amigas. Namoradas. Foi importante ter aquela conversa, eu tinha plena noção disso. Só nos aproximava mais, o que era ótimo.

Virginie fez questão de me levar em casa e, no caminho, disse que estava ansiosa para o que chamou de "O Grande Evento do Ano". "O", não "um". Sim, ela era intensa igual a mim. Entre um "beijo de despedida" e outro (foram uns dez, *hehe*), ela disse, olhando no fundo dos meus olhos.

— Tô muito feliz, viu, Natali?

Eu sorri com olhos de festa, de felicidade, de amor.

— Eu também, Virginie – disse, antes de dar na minha namorada o décimo primeiro beijo de despedida, ou décimo segundo, vai saber. Mas logo parei. – Só não precisava nossos nomes rimarem. Pô, que coisa mais tosca.

NATALI E SUA VONTADE IDIOTA DE AGRADAR TODO MUNDO

Ela riu com vontade. Olhar para aquela cara linda com todos os poros gargalhando era melhor do que comer uma panela inteira de brigadeiro.

Entrei em casa e mamãe e Belinha me esperavam com fisionomias debochadas.

– Que foi? Que caras são essas? – perguntei, desconfiada, mas já meio que sabendo o que estava por vir.

– Quanto tempo dentro de um carro, Natali... – disse mamãe.

– Quanto tempo tentando encostar a ponta da sua língua na amígdala da garota... – emendou Belinha.

Ruborizei.

– Vocês estavam me vigiando, é isso?

– Siiiim! – gritou Belinha.

– Tá namorando! Tá namorando! Tá namorando! – as duas cantaram. Palhaças.

Mas foi tão fofo... Logo eu, que não sou muito fã da palavra "fofo", é com ela que eu defino aquele momento. As duas mulheres da família, minha mãe e minha irmã, celebrando o meu amor, me aceitando e, literalmente, me abraçando. Abraço apertado, abraço de acolhimento.

– Tô – sorri, abraçando de volta. – Mas não era para vocês terem descoberto agora, eu ia contar amanhã.

– Você acha mesmo que a gente não sabia que você estava apaixonada?

– Sério, mãe? Tô nesse nível?

– Nesse nível – ela e Belinha disseram juntas.

– Irado que você vai apresentar ela pra geral – disse Belinha.

– Qual o nome dela, filha?

– Virginie.

– Que mais? Onde vocês se conheceram? – Belinha estava curiosíssima.

– No vôlei de praia.

– Hmmmm... Gosto assim, já chega com afinidades – falou minha mãe. – Quantos anos?

– Dezenove. Agora chega de interrogatório.

E assim, inesperadamente, eu entendi que teria a noite mais feliz da minha vida, mais em paz (eu fiquei um tempo sem a companhia dessa palavra). Era muito bom saber que as pessoas mais importantes do mundo para mim sabiam e, mais, aprovavam. Acima de tudo: estavam visivelmente felizes, muito felizes por mim.

– Doida pra conhecer! – disse mamãe, me matando de amor.

– Eu também! – emendou Belinha.

Fui para o quarto, deitei na cama, capotei e só sonhei lindezas. Eu tinha certeza, o dia seguinte seria inesquecível.

CAPÍTULO 22

Virginie chegou vinte minutos antes, atendendo a um pedido meu. Queria que quando minha turma chegasse ela já estivesse lá comigo. E ela chegou chegando, com um sorvete de doce de leite em uma das mãos e flores para minha mãe na outra. *Quanta elegância e educação*, babei em pensamento. O look? Nem reparei, só reparei no sorriso dela, impecavelmente feliz.

— Tá zoando que você é *esse tipo* de namorada — elogiei ao abrir a porta.

— Sou — ela disse de forma engraçada, um jeitinho muito dela. Eu amava o jeito que a Virginie falava.

Minha mãe já nos esperava na entrada de casa ao lado de uma saltitante Belinha, com olhos tão curiosos e festivos que eu queria ter a capacidade de nunca esquecer aquela carinha empolgada. Ela chegou a bater palminhas, coisa linda.

— Você é a famosa Sabrina! — disse Virginie, entregando à minha progenitora a sobremesa e o buquê de girassóis. — Não sei se você é como a Nat, que ama girassóis, mas espero que você goste.

— Por que você acha que ela gosta de girassóis? — disse minha mãe, puxando Virginie para um abraço muito de verdade.

Abraço que encheu meu coração de uma felicidade tão pura, tão bonita. As coisas estavam melhorando real na minha vida. Eu precisava parar de brigar com a minha verdade e aceitá-la de vez.

Belinha adorou Virginie de cara. Logo depois de ser apresentada a ela, desandou a falar, sem respirar:

— Sei absolutamente todas as letras da bandeira do orgulho LGBTQIAP+. L de lésbicas, g de gays, b de bi, T de trans, óbvio, q de queer, i de...

— Belinha. Tá doida, amor? – perguntei, aos risos.

— Claro que não, quero mostrar para a sua namorada que sou uma garota culta e tô bem por dentro do mundo da minha irmã.

"Do mundo da minha irmã". Que amor! Quase morri.

— Ah, garota, eu preciso te agarrar agoraaaa! – eu disse, abraçando e enchendo minha garotinha de cócegas.

Pronto. O band-aid tinha ido embora. Pelo menos comecei a arrancar. Logo depois chegaram minhas tias, que não demoraram a se apaixonar por Virginie e amaram minha história com ela. Até a tia Sayô parecia entusiasmada com a situação.

Mamãe adorava ouvir coisas novas e, enquanto dava as últimas mexidas na feijoada, pediu música e acatou a sugestão de Virginie, que tinha uma playlist chamada Brasil Gostosinho que tinha toda essa gente nova e boa pra caramba que ela me mostrou: Julia Mestre, Zé Ibarra, Luedji Luna, Gilsons, Tom Karabachian, Chico Chico, Mahmundi, Liniker... Ela botou pra tocar e fez todo mundo na cozinha dançar.

Foi muito legal viver esse momento com a minha família e a minha namorada. Só faltava... o meu pai. Ele não demorou a mandar mensagem dizendo que estava tendo blitz em São Conrado e que, segundo o Waze, atrasaria 12 minutos.

Suspirei, resignada, e segui com o sorriso tatuado na cara naquela já inesquecível tarde, leve e ensolarada, que cheirava a feijão. Quando o interfone tocou, confesso que dei uma gelada.

— Ei. Tá tudo bem, tá? Todo mundo amando a Virginie, tenho certeza de que seu pai vai amar também — disse minha mãe ao perceber minha tensão. — Tô aqui. Fica com medo não.

Fiz "tá bem" com os olhos, que estavam quase lacrimejantes. Que sorte eu tenho de ter uma mãe assim.

Quando meu pai finalmente chegou, eu senti meu coração daquele jeito acelerado com o qual eu já tinha me acostumado. Ele logo olhou para minha namorada, antes mesmo de olhar para mim.

E eu conseguia ver nos olhos dele que ele imediatamente entendeu tudo. Ao contrário do que eu pensava, meu pai abriu um sorrisão. Achei bem bonito ter a percepção de que provavelmente aquele era um sorriso forçado, e que bom vê-lo se obrigando a sorrir para a pessoa que, ele compreendeu na hora, era muito importante para mim.

— Prazer, eu sou o Artur — disse ele, estendendo a mão para Virginie.

Ela o abraçou e o desarmou. Deu para ver! Meu pai gostou de ser abraçado por ela e deixou meu coração como um cavalo a 90 quilômetros por hora numa esteira de aeroporto infinita.

A tarde foi absolutamente mágica. Especial. Tia Naná e Pipa chegaram para comer a sobremesa e o dia ficou ainda mais perfeito. Um dia que ia ficar na minha memória para sempre.

– Quem tá no condomínio é a Mel, acredita? – disse Pipa.

– Sério? – eu me espantei. – Fazendo?

– Ah, tá num churrasco na casa do sócio do pai, que acabou de chegar de Barcelona e alugou uma casa no condomínio. Falou que depois vem aqui. Tem problema?

Tem! Claro que tem problema.

– Ah, não! Sério, Pipa? Nada a ver a Mel aqui, pô... A gente nem tá mais tão amiga, teve todo aquele rolo meu com ela, vai ficar um climão, um climão desnecessário, eu acho. Poxa, Pipa, pra que você foi falar pra ela vir aqui?

– Não falei, ela que avisou que vinha! Achei até que você que tinha chamado!

– Claro que não, né? – disse, frustrada. – Poxa, meu dia tava tão bom...

– Ah, desculpa, Nat. Como é que eu ia saber?

Dava para ver que a Pipa estava arrasada com a situação. Então achei melhor me desculpar.

– Eu sei, eu que peço desculpas... Também não é esse drama todo.

– Exatamente! A Mel é passado, Nat. É página virada. Não é?

– Total! – respondi com muita convicção.

E nesse momento Virginie me abraçou por trás, me deu um beijinho no pescoço e sussurrou, toda felizinha, no meu ouvido: "Acho que eu fui aprovada."

– Eu diria 100% aprovada – corrigi, me virando para dar um beijo nela.

– Vou ao banheiro e depois vou pegar uma água. Vocês querem alguma coisa da cozinha?

Eu e Pipa agradecemos e eu fiquei olhando Virginie se afastar.

– Ah, amiga, que lindo você apaixonada... – falou Pipa.

– Eu tô muito.

– Eu sei! – ela reagiu, sorrindo com muito amor pelo meu amor. – Os seus olhos brilham.

Sorri sem sombra de dúvida de que aquela paixão que eu vivia por inteiro, com ausência de amarras e vergonhas, era muito, muito especial. Um verdadeiro divisor de águas na minha vida. E tão rápido tudo, tão intenso tudo. E ainda tinha minha melhor amiga saindo com o irmão da minha namorada! Aaaaaah!

– E você e o Wlad? Como vocês estão? – assuntei.

– Tá indo. Mas acho que já, já a gente vai virar você e o Pavão. Esse negócio de garoto mais velho é meio estranho. Pelo menos pra mim. Ele bebe chope, sabe? Acha normal sair pra tomar uns chopes. Eu odeio chope. Na real, eu não *entendo* chope – Pipa disse, me fazendo rir.

– Você tá bebendo chope, Pipa? Naná sabe disso?

Era meu pai, chegando de fininho e fazendo questão de me mostrar que estava de boa com tudo que estava sendo vivido naquela tarde.

– Não, tiooooo! Nada a ver, tô falando o contrário! – Pipa se defendeu, rindo.

– Virginie não bebe, não, né? – perguntou ele. – Porque já tem 19, pode até beber, mas tem que beber com moderação, tem que saber beber, precisa de muita água entre um chope e outro pra não ficar bêbado. Um dia vamos marcar lá em casa? Vou adorar receber vocês. O apartamento é pequeno, mas é limpinho.

– Pai... – disse, sorrindo com a maior felicidade que eu tinha sentido naquela tarde, abraçando meu pai com vontade. *Que delícia de dia!*

Nessa hora a campainha tocou e minha mãe berrou lá de dentro:
– É a Mel, Nat, vai lá receber ela!

Olhei para a Pipa, respirei fundo, e fomos até o portão.

– Olha aí, quem é vivo sempre aparece.

– Que frase de vó, Pipa – debochou Mel. – Pô, que saudade de vocês. Ué, tá tendo festa e eu nem fui convidada?

A Mel era muito equivocada mesmo.

– Qual o motivo da festa? – insistiu ela.

– A Nat marcou uma feijoada pra apresentar a namorada pra família.

E a expressão da Mel mudou da água para o vinho. Ela não esperava por aquela notícia, não mesmo, ficou evidente. Emudeceu um tempo com o espanto cravado no rosto.

– N-não sabia que você tava namorando.

– Mel? – disse Virginie, voltando da cozinha.

– Peraí. Vocês se conhecem? – perguntei para minha namorada.
– De onde?

Virginie baixou os olhos. Mel também. A expressão da Mel tinha mudado com a revelação do meu namoro, mas, ao ver minha namorada na minha casa, ela ficou pálida, parecia ter adoecido subitamente. Nível hospitalar. Muito estranho.

NATALI E SUA VONTADE IDIOTA DE AGRADAR TODO MUNDO

Pipa me olhou com cara de "o que é que tá acontecendo? Por que elas estão tão constrangidas?". Respondi com cara de "Menor ideia, vou descobrir". Depois de uma eternidade de silêncio, Virginie perguntou:

– Posso falar com você dois minutos, Nat?

Fui com ela, desconfiada até a raiz do cabelo, e deixei a Pipa e a Mel conversando. Sentamos no sofá da sala e ela começou, muito assertiva:

– Eu não sei mentir e jamais mentiria para você.

– Fala – pedi, impaciente e roxa de curiosidade.

– A Mel é a garota que te falei. A que na hora H não quis transar comigo porque não queria transar com uma garota antes de ter relação com um garoto.

E foi assim que a tarde ensolarada ficou cinza como a fumaça da bomba imaginária-porém-barulhenta que caiu no jardim da minha casa.

– Pô, de todas as meninas do mundo, você tinha que pegar logo a Mel? Jura?

– Eu nem sonhava em te conhecer, Nat, foi no fim do ano passado!

– Onde?

– Numa estação de esqui, na França.

Meu queixo caiu. Foi a mesma em que a Mel pegou o francês, óbvio. O francês e minha futura namorada. E não me falou nada.

Dizem que o Rio de Janeiro tem 12 pessoas, que o Rio cabe numa Kombi, que todo mundo conhece todo mundo. Mas jura? Mel e Virginie? Precisava disso? Caramba! Eu estava muito incomodada com essa coincidência inacreditável, para dizer o mínimo. e Virginie percebeu.

– Eu não sei o que dizer, Nat... eu... eu não posso nem te pedir desculpa, meu amor, porque eu não tenho culpa de ter ficado com ela, muito menos de ela ser sua amiga.

Baixei os olhos e respirei fundo, as mãos suando. Virginie estava certíssima. Não houve traição nenhuma. Era só um imenso incômodo. E então era chegada a *minha* hora de ser honesta com ela.

– Eu sei... Você tá certa. É que não é assim tão simples quanto parece. Virginie...

– Xi... Não tô gostando dessas reticências...

A minha respiração acelerou. Era difícil botar o ar para dentro.

– A Mel... *Ela* é a garota, a única garota, com quem eu fiquei antes de você.

Ela arregalou os olhos.

– A Mel foi... f-foi a garota por quem... por quem você se apaixonou?

Fiz que sim com a cabeça, os olhos tristes voltados para o chão.

E então foi a vez de *ela* não acreditar no que estava acontecendo naquela tarde que até aquele momento tinha sido tão perfeita, tão especial.

CAPÍTULO 23

Um misto de sensações invadiu meu peito. Senti ciúme da Virginie, senti raiva da Mel – por nunca ter sequer mencionado que beijou uma garota antes de mim, tampouco o sexo lésbico que não rolou, mas quase – como amiga mesmo. Raiva da Pipa, por ter falado à Mel para ir lá em casa, vergonha da minha família, por me ver no meio de um furacão justamente no dia em que eu tinha apresentado minha namorada para eles...

Como é que ia ficar meu namoro? Eu ia continuar namorando? Por que a Mel, de um jeito ou de outro, acabava sempre travando a minha vida, a minha felicidade? Virginie e eu conversamos de forma transparente e madura e ela sugeriu que voltássemos para O Grande Evento do Ano de mãos dadas, como se nada tivesse acontecido.

– Que gelada – observou Virginie quando pegou na minha mão.
– Ei, Nat. Por mim tá tudo bem. Se você fechar comigo, essa garota fica no nosso passado pra sempre. Só não deixa a Mel atrapalhar nosso futuro, por favor.

Eu não ia deixar. Não ia mesmo. Foi só uma noite e elas nunca mais se viram! Passado. Passou. Morreu.

— Mas, pô, ela ficou pelada com você!

É, eu falei isso. Eu sou uma idiota, eu sei, mas era esse o pensamento que maltratava minha cabeça naquela hora. Virginie respirou fundo. Eu tentei me justificar.

— Desculpa, mas pensar nessa cena é...

— Não pensa, então, Nat. Olha para mim – disse ela, levantando meu queixo com os dedos, delicadamente. – Eu sou louca por você. Não quero saber de mais ninguém na minha vida.

Fiquei um tempo olhando bem no fundo dos belos olhos da minha menina.

— E tem mais! Eu só lembrava o nome dela porque era o mesmo nome da gata da minha avó, ranzinza, fedida, *bafenta* e de mal com a vida.

— Sua avó ou a gata?

— As duas! – ela respondeu, de bate-pronto, leve.

Rimos juntas. E quando Virginie se aproximou para me dar um beijo para selar a paz entre nós, eu dei um estalinho torto, e me esquivei. Isso mesmo. Eu me *esquivei*.

O Renato ia morrer quando ouvisse isso. Eu morri um pouco com a minha atitude. Mas tentei me justificar.

— Calma, ainda é cedo para ficar beijando assim na frente de todo mundo, a gente já beijou muito hoje.

— A gente se beijou uma vez.

E não precisava ler pensamento para entender que eu tinha deixado a Virginie muito, muito triste.

— Mas a gente está de mãos dadas... E voc-você... marcou esse almoço pra... pra me apresentar para a sua família...

NATALI E SUA VONTADE IDIOTA DE AGRADAR TODO MUNDO

– Eu sei, mas... mas...

– E se fosse um garoto aqui com você? Você também se esquivaria?

– A-acho que sim.

Virginie soltou a minha mão nessa hora.

– N-não tem nada a ver com você ser garota, Virginie, tem a ver com...

– Com o quê? Você acha que seus pais acham que a gente não se beija?

– Claro que eles sabem que a gente se beija. A gente não tem 6 anos.

– Então! – reagiu ela, a veia saltando na testa.

Fui sincera:

– Eu tenho vergonha...

– Vergonha de quê???

– De beijar na frente dos meus pais! E acho que ia ter a mesma vergonha se eu fosse hétero.

– Duvido.

E se virou para o jardim, andando duro na direção de Mel e Pipa. Fui atrás e vi que ela estava se despedindo das duas.

– Ei! Tá indo? – indaguei, indignada.

– Tô. Minha mãe ligou pedindo pra eu ir pra casa ajudar ela com um vestido que não tá fechando.

Eu sabia que era mentira, em nenhum momento ela pegou o celular. Pipa e Mel notaram o clima ruim entre a gente quando ela foi se despedir dos meus pais. Fui atrás dela de novo.

– Você tá sendo infantil – eu disse.

– Eu???

– Sua mãe tá viajando. Eu sei que ela não ligou.

– Claro que sabe. Tô tão feliz que não olhei o celular a tarde toda. Baixei os olhos.

– Corrigindo: eu *tava* tão feliz.

– Não, não faz isso, Vi. Desculpa...

Era inacreditável, mas eu estava fazendo com ela o que a Mel tinha feito comigo na praia. Por mais que eu não quisesse admitir, era exatamente a mesma cena se repetindo, mas agora comigo no papel de vilã.

– Eu não quero namorar alguém que tenha vergonha de mim, Natali. Eu não vou fazer isso comigo. Eu te disse, eu já sofri muito nessa vida e tô legal de sofrimento.

– Eu não quero nunca te fazer sofrer. Nunca.

– Acabou de fazer, Nat. Acabou de fazer.

Eu estava arrasada. Que ódio da Mel! Por que ela ainda estava ali? Queria ver fogo no parquinho? Queria ver minha felicidade acabar bem na frente dela?

– Se você não tá preparada pra uma relação homoafetiva, por que aceita um pedido de namoro? Por que marca um almoço pra me apresentar e fica longe de mim?

– Eu não tô longe de você, só não quis te b...

– Me beijar. Exatamente! – ela se exaltou, quase chorando. – O gesto mais lindo de amor você recusou de uma maneira muito grosseira e sem sentido, com um beijo torto ridículo, nitidamente envergonhado.

NATALI E SUA VONTADE IDIOTA DE AGRADAR TODO MUNDO

Eu não posso estragar tudo, não posso ferir a garota mais incrível do planeta.

– Me dá uma chance de mudar isso. Por favor. Não deixa minha atitude imatura acabar com a coisa mais especial que já me aconteceu – implorei.

E então eu peguei o rosto da Virginie com as mãos e tasquei nela um beijo de cinema, como se ninguém, absolutamente ninguém, estivesse ali. E ela me abraçou e me beijou de volta, me fazendo flutuar de alívio. Paramos ao ouvir aplausos – puxados por Bô, claro.

– Ah, como o amor é lindo! – disse minha tia, vindo na nossa direção, ainda batendo palmas.

Tia Bô estava genuinamente feliz e, rindo com sua bocona vermelha de orelha a orelha, abraçou nós duas. E berrou:

– Vem, gente! Natali finalmente desencalhou!!!

– Tiaaaa! – eu disse, rindo.

E assim, inesperadamente, depois de um beijo em praça pública, eu recebi o maior abraço coletivo de amor. Meu pai, sim, meu pai!, Belinha, minha mãe e tia Sayô se uniram a nós cheios de carinho. Dava para sentir o cheiro de amor no ar.

– Pera, que vou tirar uma foto — disse Pipa, antes de juntar-se a nós com a... Mel. *Fala sério que essa garota ainda tá aqui!*

– A namorada tá superaprovada, Nat! – disse tia Sayô, com um sorriso no rosto. – Olha, Virginie, ouvi dizer por aí que eu sou homofóbica, mas eu não sou, viu? Posso ser antiga, posso usar palavras inadequadas às vezes, mas dessa doença eu não sofro. Abomino todo e qualquer tipo de preconceito e vou me policiar para nunca parecer minimamente homofóbica. Tenho pavor dessa palavra e não quero ser nunca relacionada a ela. Me ajuda?

Tia Sayô falou bonito, eu sei, mas fuzilei minha mãe com os olhos. Que bocuda! Ela tinha mesmo que contar para a irmã o meu comentário sobre ela? Fofocar o que eu tinha dito em segredo?

Mas... será que, em algum momento, eu mencionei para minha mãe que era um segredo? Será que eu pedi que ela não levasse adiante? Será que... Ah, tá tudo bem!

Por que a gente tem que cobrar tanto dos nossos pais como se eles fossem pessoas que não podem errar só porque são pais? A gente exige uma perfeição deles que é humanamente impossível de ser atingida, chega a ser cruel.

A tia Sayô não problematizou nada, apenas aproveitou a oportunidade para me passar um recado de uma maneira muito educada e delicada. Gostei.

Clima amenizado, voltamos a confraternizar e a paz reinou. Até Mel, a falta de noção em pessoa, continuava lá, batendo papo com a Pipa e a tia Bô como se não tivesse proporcionado um momento de tensão pelo qual, sinceramente, eu não merecia passar.

Bô e Sayô ficaram mais uma horinha tomando uns vinhos e logo se despediram. Meu pai ficou mais um pouco conversando com a minha mãe e eu senti um alívio tão grande... Eles dois pareciam leves, cúmplices e, acima de tudo, amigos. Mais do que jamais tinham sido quando casados. Foi muito, *muito* legal de ver.

Podia ser uma conversa forçada, só para não ficarem desconfortáveis com o silêncio? Podia. Eles podiam estar xingando um ao outro

NATALI E SUA VONTADE IDIOTA DE AGRADAR TODO MUNDO

entre os dentes, mas simulando alegria? Claro que podiam. Dos meus pais eu espero tudo. O fato é que, por mim, ou pela Virginie, ou pelo evento em si, parecia que ambos tinham baixado a guarda. E isso deu um quentinho no coração bem difícil de descrever, mas bem bonito de sentir.

Quando meu pai veio se despedir de mim, eu conversava com Virginie, Mel e Pipa (tia Naná já tinha ido, estava de boy novo e ia se arrumar para o *date*) como se nada de péssimo tivesse acontecido.

– O próximo é na minha casa, hein? Falou pra ela da minha macarronada, Nat? – disse ele.

– Ainda não, mas falo agora. É a melhor do mundo.

– Quando você era pequena dizia que era a melhor do universo.

– Pois é. Cresci. É só do mundo mesmo.

Ele fez uma careta muito fofa e me agarrou pelo pescoço para beijar minha cabeça.

– Vou amar! – disse Virginie. – Amo macarrão de todos os jeitos.

Os dois se abraçaram com verdade, e meu pai, antes de ir, olhou fundo nos olhos dela.

– Cuida bem dessa menina, tá? Ela é de ouro.

– Ô, pai... – eu me derreti, com meu corpo sorrindo por inteiro.

Voei para agarrar meu progenitor num abraço forte, afetuoso e demorado.

Pipa também precisava ir para casa, disse que tinha que dar uma dormida depois de tanto feijão. Enquanto minha mãe e Belinha engrenaram uma conversa com Virginie, Mel me chamou para um canto.

– Desculpa, eu acho que te devo uma explicação.

– Deve não, tô de boa, relaxa – tentei.

– Nat – ela disse, pegando nas minhas mãos. – Eu sei que você ficou chateada comigo.

Respirei fundo. Contei até 22 em silêncio. Puxei o ar com vontade mais uma vez. Eu não ia falar nada, ia dizer que "não, passou, que é isso, deixa disso, tá tudo certo, blá-blá-blá". Mas não resisti. Sou Capricórnio com Gêmeos, mas às vezes me sinto Áries com ascendente em Beyoncé, não tem jeito. Eu fervo por dentro.

– Pelo que, exatamente, Mel? Por você ter ficado com a Virginie, por você não ter me falado sobre sua noite de quase sexo com uma garota na França ou por você ter reagido daquela forma hostil quando eu te contei meu segredo? Ah, ou por ser #sororidade só nas redes sociais?

Ela não esperava por isso.

– Caramba, Nat.

– Caramba o quê, Mel?

– Eu tava confusa, eu... eu não esperava que você... que você fosse...

– Lésbica? Você também cogitou ser, e em vez de me estender a mão, já que entendia *exatamente* o que tava se passando dentro de mim, atirou 17 pedras na minha cabeça – desabafei, praticamente sem respirar. – Sabe o que é isso? Você é preconceituosa! A *mais* preconceituosa.

Mel começou a chorar.

– Você ainda não tem ideia mesmo do quanto me machucou, né? – perguntei, a voz dura.

– N-nossa... n-não... Desculpa.

NATALI E SUA VONTADE IDIOTA DE AGRADAR TODO MUNDO

Respirei fundo. Agora quem parecia magoada, assustada e pequenininha era ela. Quase fiquei com pena, mas algo que não sei explicar não deixou esse sentimento entrar em mim.

– Eu... eu só não queria perder sua amizade. Você e a Pipa estão tão distantes. Eu sinto tanta saudade de vocês...

Droga. Mel estava evidentemente frágil e vulnerável. Mas alguma coisa não me dava vontade de dar um abraço nela. Logo nela, minha amiga há tantos anos. Fui sincerona.

– Eu sinto saudade da Mel que eu conhecia também.

Ela baixou os olhos, tentando prender o choro. Fiquei com pena.

– Você já procurou um terapeuta?

De cabeça baixa, ela fez que não com a cabeça.

– Faz esse bem por você, então, Mel. Por favor.

Ela assentiu e enfim levantou o olhar.

– Eu vou melhorar como pessoa, você vai ver. Não quero te perder – disse, chorosa. – Só quero que a gente volte a ser o trio que a gente era antes.

Suspirei antes de responder:

– Não sei se vai voltar a ser como era, nossas atitudes têm consequências, você sabe. Mas obrigada por me pedir desculpas – falei. – E que bom que você quer evoluir, Mel. Mas agora... você se importa de ir? Queria ficar um pouco com minha mãe, minha irmã e minha namorada.

– Tá bem. Desculpa por tudo. Mais uma vez.

– Tá tudo certo, Mel. Como diz a minha mãe, vamos dar tempo ao tempo. Tá?

— Arrã.

E ela foi embora, me deixando ali pensando no quão importante é dizer não em algumas ocasiões. Aquele pedido para Mel se retirar dizia muito sobre mim e sobre o meu amor por mim mesma. Como é importante a gente se amar. E não venha me dizer que isso é "positividade tóxica", até porque odeio essa expressão. Quem está falando aqui é o amadurecimento, e também o autoconhecimento, de uma garota que passou a repudiar a sensação de ser abusada. Só isso. Simples assim.

Virginie ficou até tarde lá em casa, mamãe e Belinha encantadas com ela. E assim, sem drama, sem estresse, sem cenas terríveis que só aconteciam na minha cabeça e sem ensaio, aconteceu: eu agora era oficialmente lésbica e estava oficialmente namorando. Status de relacionamento? Sério. Muito sério. Eu estava completamente apaixonada. Como era bom ser feliz!

Pronto. Agora só faltava contar para o tio Alberto (tia Sayô preferiu que eu contasse) e para os meus avós quem era a verdadeira Natali.

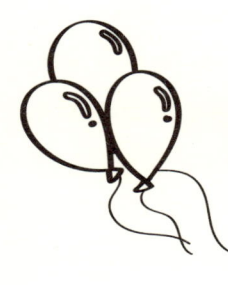

CAPÍTULO 24

Seis meses se passaram e o meu namoro com Virginie só melhorava – e o nosso amor só aumentava. Acho que a gente nasceu mesmo uma para a outra. Meu pai de vez em quando solta que esse negócio de alma gêmea é forte demais, que nós duas somos muito novas e nos conhecemos há muito pouco tempo para ter tanta certeza de que vai ser para a vida toda.

– Também achei que tinha sido feito para a sua mãe e olha no que deu.

– Mas você não foi feliz enquanto durou? – questionei, muitíssimo madura.

– Defina "feliz" – rebateu, rindo. – Tô brincando. Eu fui sim, Nat, muito feliz com a sua mãe. Acabou porque tinha que acabar. Ótima observação, filha.

O meu pai tinha evoluído muito. Apesar de não ser muito fã de terapia, depois do Grande Evento do Ano ele procurou um psicólogo para se entender melhor, para se sentir confortável como pai de uma garota gay. Não é demais?

Não demorou para que ele se sentisse próximo da Virginie. Ela tem isso, todo mundo fica muito à vontade do lado dela. Ela e ele amavam *Star Wars* (eu nunca tive saco para assistir, e ela me diz que isso é falha de caráter) e ficavam horas falando sobre futebol (Virginie era tricolor doente, assim como meu pai. Inclusive, ela ia tentar entrar para o time de vôlei do Fluzão no ano seguinte). A cada almoço, a cada cinema, a cada aula de vôlei que ele via nossa duplinha arrasar em campo, mais amigo dela meu pai ficava.

Minha mãe e Belinha foram além da amizade, elas adotaram minha namorada. Ela agora era da família e ponto final.

– Se você tiver a ousadia de terminar com a Virginie eu escolho ficar com ela, tá?

– Belinhaaaa! – chiei, rindo apaixonada.

Alma e Joca, meus sogros, fizeram comigo a mesma coisa. Eu era muito mais mimada na casa deles do que na minha. O Joca tinha sido jogador de vôlei do Botafogo quando era mais novo, chegou a ganhar torneio e tudo. Eu adorava passar horas conversando com eles e pegando dicas e macetes do esporte.

Alma era uma cozinheira de mão cheia. Tinha um bufê bem chique e conhecido na cidade, em todas as festas dos ricos era ela quem ficava a cargo do rango. Então jantar lá era simplesmente divino e maravilhoso, porque eu comia coisas que nunca tinha comido, só ouvido falar. E eu sempre gostei de experimentar – ao contrário da Belinha, que é uma chata para comer desde que eu me entendo por gente.

Um dia marcamos um jantar nós todos na casa deles e foi incrível. Eu estava nas nuvens, vivendo numa comédia romântica bem clichê

NATALI E SUA VONTADE IDIOTA DE AGRADAR TODO MUNDO

com tudo dando certo, minha família me aceitando e amando minha namorada e a família dela, minha Pipa sempre por perto e o estômago mais saciado do que nunca.

Falando em Pipa, ela e Wlad realmente não engrenaram como casal – nem como amigos –, já que ele insistia nessa mania de beber chope, que minha amiga preferia chamar de mijo aguado e gelado. Muito fina.

Mel entrou na terapia logo depois do Grande Evento do Ano e muitas vezes me agradeceu por ter sido "tão incrível com uma pessoa tão babaca". Falei para ela que ter atitudes babacas não fazia dela uma babaca. Pessoas boas fazem coisas ruins de vez em quando, e é o jeito como conduzem isso que diz muito sobre elas. Aos poucos nos reaproximamos e, embora nunca tenha voltado a ser a mesma coisa, passamos a conviver melhor uma com a outra. A Mel era legal, sim.

E assim, num estalar de dedos, chegaram as férias. O Natal se aproximava, mas dez dias antes teria o torneio de vôlei de praia da Barra e eu e Virginie nos inscrevemos, claro. Ainda tínhamos isso em comum: o amor pelo esporte que nos uniu como dupla e como grande amor uma da outra.

Chamei a família toda para torcer por nós. Belinha, Pablo e Enrico foram vestidos com uma camiseta estampada com uma foto minha e da Virginie, a coisa mais fofa.

Meu pai foi com Gisela, a namorada nova (não falei da antiga aqui, a que fez mamãe sofrer tanto quando descobriu, porque ela não durou nem dois meses com ele. Aliás, aquela era a quinta namorada nova do meu pai que eu conhecia), e minha mãe com Maumau, sócio de um restaurante de frutos do mar em Ipanema.

Além deles, Pipa, Pavão, Maria e o namorado – aliás, que casal fofo. Ele era mais baixo que ela e ficava na pontinha do pé para beijá-la. Todo mundo fazia "nhooommm" quando via.

Mel (sim, Mel!) também estava lá e, pelo que me contou antes da partida, estava se descobrindo bi, mas não tinha certeza de nada e seguia sem pressa nessa autodescoberta. Quer a verdade? Mel continuava firme no propósito de ser a menina mais bonita do mundo. Sim, ela tinha voltado a ser linda. Só ali eu vi como o autoconhecimento e a paz interior têm o poder de embelezar a gente.

Meus avós também marcaram presença. Eu não os via fazia um tempo. Eles andavam meio sumidos, mas a relação com os dois seguia ótima. Vovó tinha encomendado uma árvore branca pela primeira vez. Não tive coragem de dizer que acho medonha, tamanha a empolgação dela com o trambolho. Os dois estavam empolgadíssimos para o Natal.

Glup. O Natal.

Eu queria tanto levar a Virginie... Mamãe deu muita força para que eu chamasse a menina mais especial e apaixonante do mundo. A ideia seria ela ir depois da ceia com os pais e o Wlad, que mal teria?, questionou minha progenitora.

– Eu ainda não contei pra vovó e pro vovô, né, mãe? – expliquei, já com um leve frio na barriga.

O sol estava forte, e jogar com calor na moleira não é nada fácil. Mas, modéstia à parte, eu e Virginie, depois de tanto tempo jogando juntas, éramos o retrato da sintonia. Nós nem precisávamos armar jogadas, a gente se entendia no olhar.

E como era bom comemorar os pontos com a minha namorada, pular no colo dela, dar tapinhas carinhosos na mão e na bunda dela. Nas aulas, comemorávamos com um selinho quando pontuávamos. Ali, plateia, meus pais e meus avós e tal, combinamos que seria sem beijo. Enfim... ganhamos de lavada e saímos do torneio campeãs.

Fomos todos para o quiosque onde sempre íamos depois da aula, agora com todos os Lobos presentes. Enquanto Virginie se refrescava pegando jacaré (ela é a melhor pegadora de jacaré do Brasil, impressionante) e minha família discutia o que comer, fui para o balcão e pedi um suco com Pavão, Maria e o namorado. Eu estava morta de sede.

Lá, Maria me contou toda felizinha que tinha passado para a faculdade de moda e o namorado, que trabalhava como pedreiro, era só orgulho dela. Muito lindo os dois juntos. Não demoraram para se despedir, pois tinham combinado de ir ao cinema com uns amigos no Downtown, perto de onde estávamos, *pero no mucho*. Como iam de ônibus, acharam melhor ir o quanto antes para não perderem a hora.

Quando fiquei sozinha com o Pavão, aquele deus grego, ele fez cara de suspense antes de dizer que tinha uma coisa *importantaça* para me contar. E com os olhos brilhando, contou:

– Ganhei uma bolsa pra fazer sapateado em Nova York.

Eu já estava de boca aberta de felicidade quando ele completou, os olhos faiscando:

– Na Joffrey, conhece?

— Não, mas pela sua cara é a melhor coisa do mundo, Pavão! — comemorei, feliz como se fosse eu a sorteada para ir para Manhattan com uma bolsa — Mano, *tu vai* pra Nova York!!!

— Eu vou!

E enquanto um abraço muito especial rolava entre a gente, senti uns soluços tímidos do Pavão. Que lindo. Ele estava chorando! Peguei o rosto dele com as mãos e olhei bem no fundo de seus olhos.

— Você merece. Nunca esqueça isso. Você *merece*.

— Mereço, né? — perguntou, modesto. — Passa um filme na minha cabeça, Nat. Filme da minha vida, tá ligado? Um filme onde nunca que o final ia ser em NY.

— Final? Quem falou em final? Esse é só o começo! — falei. — Você é o novo Fred Astaire. E gato — respondi, rindo, enchendo meu amigo de beijos, morta de orgulho dele.

— Sou de CDD, mano.

— E isso torna tudo muito mais bonito.

— Quem sabe dá tudo certo? Quem sabe eu junto grana pra ajudar minha mãe, minha irmã...

— Vai juntar!

— Meu pai tá pau da vida. Diz que vai perder freguesia — ele contou, dando uma risada triste.

— Tenho certeza de que ele vai se virar muito bem sem você na feira.

— É, né?

— Claro...

Então ele deu o sorriso mais feliz e aliviado do mundo.

NATALI E SUA VONTADE IDIOTA DE AGRADAR TODO MUNDO

– Só vai, Pavão. Vai fazer o que você ama e ser feliz.

Foi a vez de ele me abraçar apertado. Abraço longo, demorado, com direito a olhos fechados e tudo.

– Quer dizer que você tá namorando e nem fala nada pra gente?

Era minha avó, que chegou de surpresa e me fez ruborizar na hora.

– Namorando? Não! Ele não é meu namorado, vó! Ele...

– Não tem problema nenhum você namorar, querida, já tava na hora.

– Mas... a gente é só amigo mesmo – disse Pavão.

– Ah, a juventude. Tá, vou fingir que acredito – reagiu ela. – Eu tô vendo a cumplicidade entre vocês, sem falar nesse agarramento todo. Sou velha, mas não sou burra.

E nesse momento, Virginie chegou.

– Olha aí sua parceira! – celebrou vovó. – Arrasou! Você devia jogar profissionalmente, menina. Joga melhor que muita jogadora profissional.

– Que é isso, dona Hilda... – fez Virginie, tímida. Tão linda.

Minha namorada não demorou para entender que algo estranho estava acontecendo ali. Até porque depois de seis meses, como eu disse, a gente já se falava no olhar, na quadra e fora dela.

– Esses dois aqui estão tentando me convencer de que não estão namorando, Virginia.

– É Virginie, vó – corrigi, constrangida.

O que eu deveria ter feito naquele momento? Dito uma frase simples: *É ela que é minha namorada, não o Pavão.*

Mas não tive coragem. Senti, pela respiração da Virginie, que ela urrava por uma atitude minha, mas, num momento de fraqueza, não fui capaz de atender seus anseios. Fiquei mesmo com medo de a vovó ter um ataque do coração, sei lá. Ela e o vovô quase tiveram um treco quando a tia Bô anunciou o monólogo pelado, imagina uma neta "sapatão"? Eles cairiam duros ali mesmo, no calçadão da Barra.

– Bom, independentemente de ser namorado, de não ser... você tá convidado pra ir lá em casa depois da ceia com seus pais, viu?

Mais constrangimento, mais clima estranho entre mim e minha namorada e eu nem precisava olhar para ela para saber que ela estava frustrada, magoada.

– Vou ali ficar com meus pais um pouco – avisou Virginie, o desapontamento na voz.

– Não! – gritei. – Vó, eu até levo o Pavão, se ele quiser, claro, mas o que eu queria mesmo era chamar a Virginie. Ela... ela... ela é... ela é m-muito minha amiga.

Meu coração caiu no chão. E o dela, eu tenho certeza, também. Cheguei a ouvir o barulho da queda.

– Claro, meu amor. Vamos adorar – respondeu minha avó.

Com uma das mãos nas minhas costas e a elegância que lhe era peculiar, Virginie disse:

– Brigada pelo convite... "Amiga"...

E então respirou fundo antes de prosseguir:

NATALI E SUA VONTADE IDIOTA DE AGRADAR TODO MUNDO

— Vou lá, Nat. Depois a gente se fala. Tchau, dona Hilda, prazer.

— Ah, que amor sua amiguinha. Educada, né?

— É, vó... Ela é maravilhosa... — falei, os olhos se enchendo d'água.

A mão de Pavão pegou a minha num timing perfeito. Eu precisava me sentir confortada, e ele, sensível e amigo, entendeu sem que eu precisasse dizer nada.

Ver Virginie se afastar me deu um aperto no peito que eu nunca tinha sentido antes. Eu podia sentir o peso da mágoa que tinha causado no meu amor.

— E você, menino bonito, como se chama?

— Pav... Lucas. Mas todo mundo me chama de Pavão. Prazer.

Vovó seguia muito interessada no Pavão, fazendo mil perguntas que não fez para Virginie, a cada resposta mais encantada por ele. Enquanto nada mais à volta fazia sentido para mim, eu queria berrar para o mundo que eu era gay e amava uma garota como nunca tinha amado ninguém.

Com o clima tenso, porém fingindo que estava tudo bem, fiquei por ali mais uma horinha. Virginie foi para casa antes de mim e ficamos de conversar mais tarde.

Liguei.

Ela não atendeu.

NATALI
Ei. Desculpa... 🙏🏻💔

VIRGINIE
De boa. Já fui "amiga" de outras namoradas antes.

NATALI
Te amo, tá?

Virginie não respondeu. Fui dormir arrasada.

CAPÍTULO 25

No dia seguinte, continuei tentando contato com a Virginie e ela nada de me responder. Pedi para a Pipa mandar mensagem para o Wlad para assuntar sobre ela, mas ela ficou com vergonha. Achei nada a ver envolver minha mãe nessa história e sofri sozinha a dor de não ter conseguido assumir meu amor por uma garota para a minha avó.

Eu queria explicar para a Virginie que pessoas mais velhas, além de caretas, são frágeis, sensíveis e dramáticas, e que eu não queria ser a responsável por um desmaio, um infarto ou coisa pior. Mas eu tinha que dizer isso olho no olho, não por mensagem. Até porque tinha uma imensa parcela de falta de coragem minha nessa situação.

NATALI
Você vai ficar sem falar comigo até quando?

VIRGINIE
Até vc parar de ter vergonha de mim 😮‍💨

NATALI
Eu não tenho! Minha avó é sensível

VIRGINIE
EU NÃO SOU SUA AMIGA, NAT! E n quero ser!!!!!

NATALI
Não! Não fala assim! Você é muito mais que isso, você é tudo pra mim

E então ela ficou digitando um bom tempo. E nada de a mensagem aparecer, eu estava ficando angustiada. O que tanto ela estava escrevendo?

VIRGINIE
Dsclp. Não to me sentindo nd bem com isso td 💔

NATALI
Posso ir aí? 🙏 ♡

VIRGINIE
N. Me dá 1 tmp... N m leva a mal, mas preciso ficar só cmg agr.

NATALI
💔

NATALI E SUA VONTADE IDIOTA DE AGRADAR TODO MUNDO

Mais uma vez fiquei no vácuo. Mais uma vez a minha falta de atitude tinha magoado a pessoa que eu amo. Eu precisava virar esse jogo.

Os dias se passaram e eu deixei de insistir. Tentei falar um dia, depois outro, Virginie não queria mesmo. E quem sou eu para julgar a dor do outro? Agora faltava uma semana para o Natal. E eu tinha calafrios só de pensar no nervoso de contar para os meus avós.

Eu precisava ressignificar essa data dentro de mim. Eu precisava *me* ressignificar dentro de mim. A vida sem minha namorada era tão cinza e morna que nem dava gosto viver.

Nem as crônicas do Fernando Sabino, com sua genialidade e comicidade, que sempre me tiravam da bad, resolveram. Eu estava profundamente magoada. Não com ela, comigo.

Então tomei uma atitude meio drástica no dia 23. Esperei minha mãe sair para visitar um cliente e escrevi a mensagem que enviaria no grupo da família:

NATALI

Oi, gente. Faz anos que o Natal é um momento sofrido para mim, vocês sabem. Não gosto de nada que envolve essa data e não é só pela rabanada, não é só por só ganhar um presente, em vez de dois. É muito mais profundo que isso. Há muito tempo decidi contar pra vocês, na noite do meu aniversário, uma coisa muito importante para vocês, mas nunca consegui. Especialmente porque não sabia como vocês reagiriam. Durante muitos anos eu quis sumir. Mas amo muito vocês, não seria justo desapare-

cer desse mundo. Por favor, não me chamem de dramática, o buraco é muito mais embaixo. Esta mensagem é só para dizer que não quero passar mais um Natal angustiante, cheio de perguntas constrangedoras e respostas mentirosas. Eu não mereço. Vocês não merecem. Então... vou dar uma sumida. Quem me conhecer direito, e é sobre isso, me conhecer, vai saber exatamente onde me encontrar. Quero acabar com minha angústia de uma vez por todas e abrir meu coração para as pessoas mais importantes da minha vida num dos lugares que mais amo antes do dia 25. Quem quiser conversar vai me achar. Eu confio em vocês.

Antes de mandar a mensagem, arrumei minhas coisas na mochila – botei barrinha de cereal, três garrafas d'água, daquelas grandes de um litro e meio, guarda-chuva, roupa, caso precisasse trocar por algum motivo, moletom, *As melhores crônicas* de Fernando Sabino e *Equador*, um livro que eu estava adorando, do Miguel de Sousa Tavares, um autor português, carteira, telefone.

Antes de mandar e botar meu celular em modo avião (precisava de um tempo só comigo, meus livros e a minha cabeça, enquanto minha família decifrava minha mensagem), já quase entrando no metrô, escrevi para Virginie.

NATALI

Sei que não tá a fim de falar comigo. Mas quero que você saiba que a minha revolução pessoal tá começando hoje. E você faz parte dela. Daqui pra frente, tudo vai ser diferente. Te amo.

NATALI E SUA VONTADE IDIOTA DE AGRADAR TODO MUNDO

Em seguida, mandei o textão para a família e entrei na estação de metrô da Barra rumo ao Centro. Minha parada final: Uruguaiana. Enquanto tentava me concentrar nas crônicas do Sabino – confesso que algumas eu já sabia de cor, de tanto que eu leio o cara há mais de mil anos –, um filme da minha vida passou pela minha cabeça no percurso. A cada parada, uma lembrança.

Na estação da Antero de Quental, no Leblon, me lembrei das tardes em que eu, Belinha, meu pai e minha mãe almoçávamos filé com fritas, no Jobi, um bar antigão do Rio, onde se come muito bem. Era engraçado Belinha torcendo o nariz para o torresmo que meus pais pediam de entrada (o melhor que já botei na boca) – e eu amando, pois sobrava mais para mim. E era muito lindo o bigodinho preto que o feijão deixava sobre seus lábios.

Fiquei imaginando quais seriam os planos dos meus pais para mim naquela época. Porque pai e mãe sonham, né? O que eles desejavam para mim? O que eles esperavam do meu futuro? Que eu fosse uma médica bem-sucedida? Uma campeã olímpica de skate como a Fadinha? Uma desenvolvedora de games milionária? Uma diplomata? Será que meu pai sonhava me levar ao altar? Que minha mãe se via chorando no meu casamento num estiloso vestido longo, estampado com a cara do Che Guevara?

E nesse casamento? Quem era meu "príncipe encantado"? O Vitor, meu primeiro amiguinho por quem eles se encantaram e viviam fazendo piadinhas nada a ver de namoro? O Jão, que fez jiu-jitsu comigo quando eu tinha uns 9 anos? Ou o Romeu, que morava no nosso condomínio e tinha uma narina maior que a outra? Certamente nenhum dos dois, por mais modernos que se julgasse, imaginou uma garota ao meu lado no seu altar imaginário.

Quando a voz suave do metrô anunciou a estação Cantagalo, minha memória voou para as tardes de domingo na Lagoa, onde eu, tia Sayô, tio Alberto, Enrico, Pablo e Belinha achávamos o máximo cruzar aquele imenso espelho d'água de pedalinho. Íamos eu, Pablo e tia Sayô em um, o restante em outro. A gente competia para ver quem chegava primeiro ao centro da lagoa e era muito divertido ver o tio Alberto de língua para fora de cansaço.

– Isso é falta de exercício. Tem que se exercitar, Alberto, endorfina salva vidas, salva o humor, salva casamentos – ela dizia, meio brincando, meio sério.

As crianças tinham que fazer zerinho ou um para ver quem embarcaria no cisne com a tia Sayô, que sempre ganhava.

– Eu me cuido, eu faço exames – dizia ela. – Alberto nunca fez um check-up decente. Ontem foram *12 tubos* de sangue no laboratório pro meu clínico. Doze! E semana que vem... endoscopiaaaa! – completava, batendo palmas. Sim, ela ficava empolgada de verdade com a ideia de um tubo gigante entrando goela adentro para ver como estava seu estômago. Louca.

Hipocondria da tia Sayô à parte, será que naquele momento da vida, eu com meus 10 anos, meus tios suspeitavam que eu não era como eles achavam que eu deveria ser? Bom, tia Sayô e tio Alberto certamente pensavam que o normal era menina gostar de menino e vice-versa.

NATALI E SUA VONTADE IDIOTA DE AGRADAR TODO MUNDO

O normal. Sei lá. Às vezes eu penso sobre isso. Embora eu já tenha debatido com o Renato que normal mesmo é ser feliz, essa questão de vez em quando me enche de pontos de interrogação.

Uma vez, quando cruzamos por um casal de lésbicas se beijando romanticamente num pedalinho, meus tios não disseram nada, mas suas fisionomias entregaram o preconceito velado. Baixei os olhos. Àquela altura, lá no fundo, eu já sabia quem eu era.

Ao parar na Cardeal Arcoverde, em Copacabana, me lembrei de quando meus avós moravam ali perto, na República do Peru, num prédio que sempre me deu a sensação de aconchego.

Eu podia sentir dali o cheiro do pão de natas que minha bisavó fazia quando eu era pequena, como se ele estivesse acabando de sair do forno. Talvez o pão de nata da bisa Dina seja a minha memória mais antiga.

Fiquei conjecturando meus avós conversando sobre meu futuro. Será que em alguma dessas conversas a minha orientação sexual teria vindo à tona? Será que em algum momento eles se imaginavam avós de uma garota lésbica? Provavelmente não.

Lembro do meu avô jogando vôlei comigo, eu pequetita, com meus 5, 6 anos, no gigantesco apartamento em que eles moravam, e da vovó brigando, dizendo que a gente ia acabar quebrando algum objeto de decoração, que apartamento não era lugar para se jogar bola. Quando a gente era criança o vovô era bem mais legal. O tempo endureceu ele. Na minha percepção, endureceu os dois, na verdade.

Quando cheguei à estação Presidente Vargas, não tive como não lembrar da tia Bô toda fantasiada, umbigo de fora, pernocas torneadas à mostra, musa de bloco de Carnaval com faixa e tudo, me rodopiando na frente da bateria e tentando me ensinar a sambar.

Perdi a conta de quantas vezes fui vestida de bailarina (era o sonho da minha mãe que eu gostasse de balé, mas nunca rolou, então ela se realizava no carnaval. Tive mil fantasias de bailarina. De todas as cores. Ela nunca me deixou ir de lutadora de jiu-jitsu nem de jogadora de futebol, uma chata. Dizia que não era fantasia. Como se bailarina fosse). Belinha adorava, se enchia de *glitter*, metia uma fantasia de princesa da Disney e sambava como se tivesse nascido no baticum.

Desde pequena eu já achava meio nojenta aquela sudorese coletiva e não entendia muito bem tanta felicidade e purpurina a troco de nada. Tia Bô já era famosa naquela época, e eu achava muito da hora ter uma tia brilhante, reconhecida pelo seu talento e que vivia saindo no jornal.

Até hoje minha mãe tem uma foto que saiu numa coluna importante do Globo, eu e Belinha de mãos dadas com a Bô, que usava uma faixa de Miss Segura e seu melhor sorriso.

A atriz Simone Lobo se esbalda com as sobrinhas Isabela e Nataly no desfile do bloco Caroço Chupado.

Mamãe, claro, riscou mil vezes o "y" que tacaram no meu nome e escreveu um "i" no lugar. Além disso, fez mil corações em volta da foto, que guarda com carinho na gaveta de sua mesinha de cabeceira.

Fiquei pensando... se tinha alguém que me conhecia bem naquela família, mas bem mesmo, era a Bô. Sempre tivemos conversas profundas, mesmo quando eu era criança ela não me tratava como criança. Na verdade, ela sempre tratou a mim e a minha irmã como se fôssemos da idade dela. E falava de política, economia, *crushes* e sentido da vida como se entendêssemos tudo perfeitamente. Uma paixão.

Livre desde que se entende por gente, duvido que a Bô tenha feito algum plano ou sonhado algum sonho "padrão" para mim. Ao longo dos anos, ela, que brigava com praticamente todos os padrões caretas estabelecidos, dizia cada vez mais na nossa frente que vida só tem uma e que estamos aqui para ser felizes.

Saltei na Uruguaiana com o coração acelerado. Pensei em pegar o celular para ver se alguém tinha lido minha mensagem. Claro que tinham lido. Todos leram. Fiquei ansiosa ao imaginar as reações de cada familiar ao meu recado e curiosa para saber o que o meu amor estava achando de tudo aquilo. Mas não peguei. Deixei ele lá, quietinho, bem no fundo da minha mochila preta.

Será que alguém ficou preocupado com meu paradeiro? Será que alguém adivinharia o lugar que eu tinha escolhido para mudar tudo? Será que alguém, além da Bô, me conhecia do avesso naquela família?

Eu não queria fazer mistério – ou talvez quisesse? –, só queria que eles ficassem um tempo sem poder me acessar para que pensassem, para que realmente mergulhassem dentro de si mesmos e dentro de mim, e tentassem me descobrir sozinhos. Sem pista nem ajuda.

O detox de celular, e consequentemente WhatsApp e redes sociais, depois de um tempo de leve ansiedade, me deu um alívio danado. Enquanto eu caminhava em direção ao meu lugar no mundo, um dos mais lindos que já pisei, aliás, o filme da minha vida continuava passando na minha cabeça.

Independentemente do que acontecesse nessa reunião familiar inesperada e inusitada que eu tinha inventado na antevéspera do meu aniversário, eu seria, para sempre, daquele dia em diante, quem eu gostaria de ser: uma menina gay, livre de preconceitos, pronta para andar de mãos dadas com o amor que me fazia tão bem e viver a vida plenamente.

Em um dado momento cheguei a ficar preocupada com a Pipa – eu não tinha avisado nada a ela, e minha mãe certamente ligaria para minha melhor amiga em busca de notícias. Tadinha. Mas ela, definitivamente, saberia onde me encontrar.

Em pouco mais de dez minutos eu estava lá, na imponente construção fincada na rua Luís de Camões, número 30, no Centro Antigo. É linda, "de fazer cair o ânus da bunda", como diria o filósofo.

Na primeira vez que eu fui ao Real Gabinete Português de Leitura fiquei tão pasma que não queria sair de lá. Eu tão miúda, como dizem os portugueses, e aquele salão tão verde e grandioso, tão, mas tão, mas tão, mas tão cheio de livros – minha maior paixão desde sempre... Pensei em me esconder quando a professora chamou para o ônibus. Eu queria ler cada entrelinha daquele lugar fantástico.

Sempre tive uma conexão com Portugal que nem consigo explicar direito. Sei que meus pais me fizeram gostar de lá como se fosse minha segunda casa. O meu pai é neto de portugueses, tem família lá ainda. Parente distante, mas parente.

Já rodamos aquele país inteiro de carro e é um eita atrás de um vixe. Muita beleza, diversificada beleza, rio, mar, montanha, verde, falésias. Cada canto tem uma história. Cada canto tem História. Eu sempre quis estudar na Universidade de Coimbra, o que eu não sei, mas é lá que eu iria estudar.

Gosto do sotaque portuga, do céu de Lisboa, do queijo do Azeitão, de me perder por Sintra, de babar com Azenhas do Mar, de ir pela costa até Cascais, de comer siricaia, minha sobremesa preferida – uma espécie de pudim melhorado, com uma casca grossinha e adocicada que MEU. DEUS! – de andar tarde da noite e não me sentir insegura... Portugal é incrível.

Então quando conheci o Real Gabinete eu simplesmente pirei. Surtei. Dei uma leve enlouquecida. Eu pertencia àquele lugar de um jeito inexplicável. Era palpável. A gente tinha nascido um para o outro.

Eu sempre ia para lá quando ficava triste. Ou quando tirava uma nota injusta, ou quando brigava com meus pais, ou quando me sentia angustiada mesmo.

Quantas vezes não fui passar umas horas naquele silêncio que parecia fazer conchinha comigo? Nossa... Perdi a conta. Eu chegava para ler, para descobrir autores e, entre uma página e outra, pausava para dar uma choradinha. Quantas vezes...

Dei um suspiro ao entrar no Regê, como eu chamo o Real Gabinete. Me sinto tão íntima dele que dei até apelido. Uma onda de bem-estar tomou conta de cada poro do meu corpo, do meu rosto. Eu senti o meu *rosto* arrepiar. De prazer. De felicidade. Naquela biblioteca eu podia, enfim, descansar. Porque, olha... cansava não ser eu. Como eu precisava daquilo... Ali eu podia ser eu.

Cansava ter vergonha, cansava pisar em ovos o tempo todo, cansava ensaiar o que dizer, cansava não querer errar aos olhos do outro, cansava não ser 100% o que eu queria ser, o que era injusto para cacete. Fico cansada só de pensar nisso tudo.

Quando eu tinha uns 14 anos fui para o Regê chorar por causa da Mel pela primeira vez. Eu toda insegura, tão triste... lembro que a minha mãe ligou umas 6 vezes e eu não atendi. Taí, ela é uma que sabe do meu amor por esse lugar. Belinha idem. Meu pai... hm. Não sei.

Fui para a biblioteca a fim de entender o quanto minha família me conhecia. E se eles me conhecessem o bastante para me acharem ali, precisavam me conhecer por inteiro agora.

Não era só contar para os meus avós e para o tio Alberto que eu gosto de garotas. Eu ia dizer que estava apaixonada por uma menina que magoei por um motivo que em nada me orgulhava: não querer magoá-los.

Será que meus avós morreriam de desgosto quando eu contasse para eles? Provavelmente. Mas eu não posso querer ter controle da cabeça das pessoas, por mais retrógradas e preconceituosas que elas sejam. Eu não posso ter controle de nada, nós não temos controle de nada. Foram anos de terapia para entender isso, que parece tão simples e óbvio, mas é bem difícil de internalizar e botar em prática.

Horas se passaram, cheguei até a tirar um cochilo. Chafurdada em livros nos quais eu não consegui prestar atenção de jeito nenhum, eu me mantive mesmo mergulhada nos meus pensamentos. A única coisa que requeria minha atenção naquele momento era minha vontade de dar certo, de fazer certo, de ser certa.

Ei, ei, ei! Eu **sou** *certa. Errado é quem não acha certo o amor. Qual o problema eu estar apaixonada por uma garota? Qual o problema?*

NATALI E SUA VONTADE IDIOTA DE AGRADAR TODO MUNDO

Fechei os olhos e comecei a relembrar mais uma vez a minha história, aquele tempo que em dois dias completaria 18 voltas ao redor do sol e atende pelo nome de Minha Vida. O saldo eu não preciso calcular para chegar à conclusão de que eu fui e sou uma garota feliz. Mas nunca tinha sido tão claro para mim: eu merecia ser completamente feliz. Plenamente feliz.

Tá tudo muito lindo até aqui, mas eu preciso fazer uma confissão. Não foi só o meu apreço pelo Regê que me levou até ele para contar meu segredo à parte da família que não sabia. Escolhi um salão de leitura porque... tchã tchã... ninguém podia gritar. E minha família é barulhenta e espalhafatosa, como já deu para perceber, né?

Eu sei, eu sou uma gênia, eu disse.

Cheguei ao Centro meio-dia e meia. Às duas e meia nada tinha acontecido, ninguém tinha chegado, mas eu não queria pegar meu celular. Saí para comer um sanduba de mortadela e queijo prato que eu tinha feito. Estava divino. Como eu queria dar uma mordida para a Virginie...

Ela era a mestra de pedir uma coisa para comer e, quando chegava a coisa que *eu* tinha pedido, ela pedia para trocar. *E eu trocava!* Acho que é assim que a gente vê que é completamente apaixonado por uma pessoa, né? Quando quer dividir tudo com ela. Estar sempre do lado dela. Nunca enjoar do cheirinho dela.

Quando deu quatro e meia da tarde, achei sacanagem deixar minha família no vácuo por tanto tempo, eu devia estar cheia de mensagens desesperadas deles, da Pipa, inclusive da Virginie.

Afoita, peguei o celular e logo tirei do modo avião. E vi um total de zero mensagens.

Isso mesmo. Nenhuma mensagem.

Nenhuma mensagem.

Só algumas da Pipa perguntando se eu queria ir à praia. A última dela foi:

Tô indo. NÃO faz cara de surpresa quando me vir com o Wlad. Tchau.

Enquanto lia, a boca aberta por conta desse *revival* inesperado, eu me questionava, irritadíssima, por que é que ninguém da minha família tinha dado minha falta? Eu saí com minha mochila preta. Eu NUNCA saio com a minha mochila preta. Eu levei *Equador*, o livro de um... português! Meu Deus! Não estava claríssimo para onde eu tinha fugido? Jura que ninguém sentiu minha falta? Jura que todo mundo *cagou* para mim?

Fui ver se a Virginie estava online. Ela estava.

Desliguei rapidamente o telefone e me pus a chorar. Que sensação de vazio, que angústia que não passava... Eu era um nada para a minha família, eu era uma covarde comigo mesma, uma fracassada no quesito relacionamento, uma inútil que não fazia diferença nenhuma, nem no mundo nem na vida de ninguém, uma...

Nesse instante senti um toque nas minhas costas. *Algum segurança que vai me pedir para baixar o tom do choro*. Limpando as lágrimas pronta para me desculpar educadamente, qual não foi minha surpresa?

NATALI E SUA VONTADE IDIOTA DE AGRADAR TODO MUNDO

Era minha avó. E logo do ladinho dela estava o meu avô. E atrás dele meus pais, Belinha, Bô, Sayô, tio Alberto e os meninos.

Minha família, pensei, sorrindo, enquanto olhava para eles sem conseguir segurar as lágrimas. Todos eles, todos eles, sem exceção, estavam com olhos serenos. Serenos e solidários.

Vovó se sentou e me chamou para um abraço.

– Vovó te ama – ela sussurrou.

Que alívio!

– O vovô também – sussurrou meu vô com uma voz engraçada.

Todo mundo riu baixinho. Mas tudo bem se fosse alto, a biblioteca estava vazia.

– Como vocês souberam que eu tava aqui?

– Eu, né? – disse Belinha.

– Amor... que coisa linda... – reagi, emocionada até a raiz do cabelo. – Você me conhece tanto, né?

– Não. Você que me disse uma vez que se você sumisse por mais de duas horas e não desse notícia que não era para me preocupar, que você ia estar aqui.

Ah, tá.

– Eu falei isso pra você? – perguntei, a cara toda enrugada. – Jura?

Eu não tinha ideia de que um dia eu tinha falado isso para a minha irmã. Apaguei totalmente da memória. Logo num dia que o passado tinha vindo passear na minha mente de forma tão presente.

– Ah, faz uns dois anos, eu acho. Não é de hoje que você gosta de chamar a atenção, não.

Todos riram. Eu não, eu prendi o riso. Ah, vá.

– Não mesmo. Lembra que ela se escondeu no armário uma vez, Sá? – lembrou tia Sayô.

– E esqueceu uma parte do vestido para fora! – emendou tia Bô, às gargalhadas.

– A gente fingiu que não viu! Até porque... lembra do seu armário da República do Peru? De madeira, todo furadinho? – completou minha mãe, também gargalhando, para acabar de vez comigo.

– Que vexame... – admiti.

Eles riram.

– Virginie tá mais que convidada para ir lá em casa amanhã, viu? – disse minha avó, para minha total surpresa.

– Vamos adorar conhecer melhor sua namorada – completou meu avô.

Eu estava atônita. Como assim?

– Quem contou? – perguntei.

– Eu, né?! – Belinha se acusou. – Tadinhos, eles não estavam entendendo nada. Fica tranquila, eu só contei por alto, resumi! Deixei os detalhes pra você.

– Belinha!

– Não briga com ela, Nat – pediu minha mãe. – Foi pro seu bem.

Baixei os olhos.

– Eu só queria... só queria que amanhã à noite ninguém ficasse fazendo pergunta. Será que vocês são capazes de conviver suave com a Virginie? Será que vocês conseguem agir como uma família normal? Vocês fariam isso por mim?

Eles se entreolharam, sérios, compenetrados.

NATALI E SUA VONTADE IDIOTA DE AGRADAR TODO MUNDO

– Vai ser difícil, meu amor. Mas, por você, a gente tenta – disse tia Bô.

Saímos juntos do Regê e pegamos o metrô para o Flamengo. Decidimos ir ao Lamas, um restaurante de 1874 que era o preferido do vovô e servia o melhor bife à milanesa que eu conheço.

Pouco antes de embarcarmos no nosso vagão, perguntei ao tio Alberto:

– Vai falar nada não?

Ele me olhou com ternura e me jogou um sorrisinho sem mostrar os dentes.

– Eu sempre soube, Nat. E, sinceramente, achei que você soubesse também.

Sorrimos um para o outro. Agora com os dentes à mostra. Ele me puxou para um abraço e eu cheguei a ficar quentinha de felicidade.

Ficamos no Lamas um tempão, nem vimos a hora passar. Quando dei por mim, vi que já estava escuro lá fora. Posso dizer que foi uma noite feliz. Parecia a oficial, a do dia 24 de dezembro, só que sem briga, sem estresse, sem ninguém querendo saber de namoradinhos, da escola... A família inteira reunida. E o melhor, juramos que não íamos brigar na véspera de Natal.

Fui ao banheiro e quando voltei...

– Quer dizer que todo mundo sabe de mim e eu sou a última a saber?

Era Virginie! Era Virginie! Ela estava tão feliz! Tão leve!

Voei no pescoço dela e a abracei tanto, mas tanto... Ela ainda gostava de mim! Mas, por via das dúvidas, resolvi checar. Vai que...

– V-você ainda g-gosta de mim?

– Eu te amo, Natali.

Sorri com o rosto inteiro e os olhos brilhando mais forte que farol alto de caminhão.

– Eu também te amo, Virginie.

E a gente se beijou. Com delicadeza e vontade. E eu ouvi aplausos. Aplausos e o assovio de arquibancada de Fla-Flu que só a Bô sabe dar. Que vergonhaaaa! Dos aplausos, não do motivo dos aplausos. Olhei para a mesa e meus avós aplaudiam também, com sorrisos sinceros e, ouso dizer, emocionados no rosto. Nem um pingo de desgosto, pelo contrário.

Entrei no banheiro correndo com a Virginie e nos beijamos mais e nos abraçamos tanto, tanto.

– Quer dizer, Nat, que a gente agora é um casal 100% casal?

– Isso. 100% casal.

Ficamos um tempo abraçadas no banheiro, rindo e chorando.

A noite seguinte, como prometido no pacto de família, foi especial. Comemoramos o aniversário de Jesus e o meu de 18 anos. Todo mundo misturado na mais perfeita harmonia.

Não sei se foi pela presença de fada da Virginie ou pelo poder do amor, mas aquela noite foi de paz, muita paz, e ficaria guardada para sempre na minha memória. Dali a dez, vinte anos, se eu estivesse no metrô e passasse de novo o filme da minha vida no cinema da minha cabeça, aquela cena seria uma das mais importantes. Talvez, quem sabe, ela não fosse a abertura do longa-metragem cujo título poderia ser "Natali e sua vontade idiota de agradar a todo mundo"?

NATALI E SUA VONTADE IDIOTA DE AGRADAR TODO MUNDO

Ao fim de um ano tão turbulento e cheio de emoções, eu vivia, finalmente, pela primeira vez em quase 18 anos, a primeira Noite Feliz da minha vida. Genuinamente Feliz. E o melhor de tudo, eu tinha certeza: era a primeira de muitas.

Impressão e Acabamento:
BMF GRÁFICA E EDITORA